가즈나이트 R
Gods Knight R

이경영 판타지 장편 소설
FANTASY FRONTIER SPIRIT

가즈 나이트 R 13

이경영 판타지 장편 소설

초판 1쇄 찍은 날 § 2012년 5월 29일
초판 1쇄 펴낸 날 § 2012년 6월 5일

지은이 § 이경영
펴낸이 § 서경석

편집부장 § 권태완
편집책임 § 박우진

펴낸곳 § 도서출판 청어람
등록번호 § 제1081-1-89호
등록일자 § 1999. 5. 31
어람번호 § 제1-1398호

주소 § 경기도 부천시 원미구 심곡2동 163-2 서경B/D 3F (우) 420-822
전화 § 032-656-4452 팩스 § 032-656-4453
http://www.chungeoram.com
E-mail § chungeoram@chungeoram.com

ISBN 978-89-251-2892-4 04810
ISBN 978-89-251-2296-0 (세트)

이경영 판타지 장편 소설
FANTASY FRONTIER SPIRIT

가즈나이트R

GodsKnight R ⟨13⟩

도서출판 청어람

CONTENTS

CHAPTER 58
이루고자 하는 마음

"너, 몇 번 죽어봤어?"

리오가 질문을 던진 날은 쉬프터에 대항하기 위한 훈련과 연구가 760년째에 들어설 무렵이었다.

리오와 단둘이, 어딘지 모를 공간에서 필사적으로 시간을 보내던 지크는 그가 왜 그런 일반적인 질문을 하는지 잠깐 이해가 가지 않았다.

"횟수로 따지자면 몇 번 안 되지. 난 너보다… 아니, 내가 아는 리오보다 손쉬운 임무만 해왔거든."

"그래?"

리오는 씩 웃으며 몸을 좌우로 꿈틀거렸다.

그는 두 개의 금속기둥 사이에 설치한 그물침대 위에 누워 있었다.

그물침대는 상의를 완전히 벗은 그 남자의 움직임에 맞춰 평온하게 흔들렸다.

그들 뒤에는 두 채의 작은 조립식 건물이 간격을 두고 설치되어 온통 붉은색 땅과 지평선뿐인 이 세계에 나름대로의 배경을 만들어주었다.

그 조립식 건물은 둘의 휴식과 식사 등을 해결하기 위해 피엘이 직접 가져와 만들어준 것들이었다.

처음 설치된 이후 700년이 훌쩍 넘은 관계로 흙먼지를 잔뜩 뒤집어쓰긴 했지만 주신계에서 제작된 만큼 그 모양과 기능에는 아무런 문제가 없었다.

황량함 그 자체인 이 은폐공간과 달리 건물 내부는 재미가 없을 정도로 방음이 잘 되고 온도도 적절히 유지되었다.

식량은 피엘이 한 달 단위로 찾아와 꾸준히, 그리고 충분히 보충해 주었기에 아무 문제도 없었다.

지크는 무릎 높이 정도의 접이식 의자에 앉아 있었다.

상의를 모두 벗은 리오와 달리 옷을 모두 껴입은 그는 다음에 틀림없이 이어질 리오의 이야기를 기다렸다.

"그래도 몇 번이나마 죽어봤다는 소리군."

상대의 말에 지크는 고개를 끄덕이며 응답했다.

"힘이 어느 수준 이상을 넘어선 이후로는 마왕이니, 세계의 지배자니 하는 잡스러운 놈들이 아니라 옛 신들이나 어디서 튀어나왔는지 모를 이상한 놈들에 대한 임무가 떨어졌지. 그때부터 죽기 시작했어."

지크의 윗입술과 아랫입술이 꿈틀거렸다.

"죽을 때마다 기분이 정말 더러웠지."

"어째서?"

지크는 그 '리오'치고 참 꼬치꼬치 캐묻는다고 생각했다.

"어째서긴? 져서 그렇지.'

"후후."

리오가 다시 웃었다.

"그때까지만 해도 지금 같은 성격이 아니었나 보군."

"그렇지."

대답한 지크가 쓴웃음을 지었다.

"아니, 그랬을 거야."

지크는 말을 확실히 맺지 못했다.

미묘한 침묵이 둘 사이에 흘렀다.

먼저 침묵의 틀을 깬 쪽은 리오였다.

"나는 꽤 자주 죽었어. 너와 마찬가지로 죽을 때마다 기분은 더러웠지."

그는 당연하다는 듯이 말했다.

"그렇다고 해서 살기 위해 돌아선 적도 없었지만."

지크는 리오가 그 말을 왜 강조하는지 그때까지는 이해하지 못했다.

"그런데 죽길 잘했다고 생각한 적이 딱 한 번 있었어."

"루이체를 구했을 때?"

"맞아. 잘 아네?"

지크는 대답 없이 지평선 쪽으로 시선을 돌렸다.

면목이 없어서였다.

지크는 방금 리오가 말한 사건의 원인을 제공한 자를 잘 알고 있었다.

신계를 초월한 또 하나의 종족, '아네라'의 단순 정보 수집용 기계를 폭주시켜 '도플갱어'라는 이름의 전투병기로 다시 태어나게 한 장본인이 바로 그였다.

"그날 이후 그 꼬마는, 루이체는 또 하나의 내가 됐지."

리오는 오른손으로 자신의 심장 위를 눌렀다.

"예쁘다고 생각한 적은 없어. 그보다 예쁜 애들은 수도 없이 봤거든. 머리카락도, 뺨의 젖살도 또래의 다른 애들이랑 똑같아서 의미는 없었지."

그는 눈을 감고 솔직히 털어놓았다.

"그냥 있다는 것 자체가 고마웠어."

그가 평온하게 웃었다.

"후훗, 신기하지?"

"……."

지크의 표정이 더욱 굳어졌다.

리오가 그물 침대에서 한쪽 다리를 내리고는 그곳에서 내려왔다.

"그 고마움을 더 생생히 떠올릴 수 없을까?"

그 시점에서 지크는 차라리 자신에게 욕을 하라 소리치고 싶었다.

그러나 그러지 못했다.

리오의 온몸에서 갑자기 피어오르기 시작한 검은색의 안개를 보고 말았기 때문이다.

그 안개 속에서 리오의 두 눈이 붉게 빛났다. 그 불빛은 안개의 급격한 흐름에 따라 일그러지고 흐트러져 더욱 사나운 기세를 갖게 됐다.

"떠올리면 떠올릴수록 힘이 나더군. 이렇게 말이야."

그 모습은 이전까지 지크가 봤던 리오의 힘과는 전혀 성질이 달랐다.

그것은 '독'이었다.

그들이 이 공간에서 여태껏 싸워왔던 쉬프터의 힘에 한

없이 가까운 맹독이었다.

'그냥 증오심만으로 녀석들의 힘을 이해했다고? 거짓말이겠지?'

지크는 그 모습이 두려웠다.

리오가 방금 개방한 그 힘은 미완성이었으나 불길하고 불온했다.

그러나 두려웠을 뿐, 싫지는 않았다.

'그래, 증오심만으로 할 수 있는 일이 아니야.'

그 검은색의 안개가 차갑게 식어 있던 지크의 마음을 뜨겁게 달구었다.

'저건 의지다.'

킹 클래스, 퀸 클래스 쉬프터와의 모의대결이 전패로 이어지면서 힘이 빠져 가던 그의 팔뚝이 다시 단단해졌다.

'역시, 저놈들은 누가 됐든 언제나 내 앞에 서는구나.'

그것은 지크의 일생 그 자체나 다름없는 트라우마였다.

여태까지는 그랬다.

그 무시무시한 공식이 수천 년이 지난 지금에 와서야 겨우 다른 모습이 되었다.

'항상 녀석의 뒤를 밟아왔지.'

그가 아는 리오는 두 명이었다.

한 명은 항상 상쾌하게, 여유롭게, 때로는 굳건하게 길을 걸어갔다.

다른 한 명은 집념과 광기, 그리고 무시무시한 의지로 없는 길을 만들어 걸어갔다.

'나는 내 길을 걸은 적도, 내 길을 만들어본 적도 없었어.'

지크는 그렇게 자신을 나무랐다.

'녀석을 이겨보고 싶다고 했을 뿐, 정작 노력한 적은 없어. 어린아이처럼 누워서 발악만 했을 뿐이야.'

그는 자신에게 주어진 시간의 여유가 얼마나 되는지 알고 싶었다.

며칠 뒤, 식량 등의 보급을 위해 피엘이 그들의 곁으로 왔다.

그녀는 도착하자마자 자신에게 다가오는 지크를 보고 한 번 놀랐다.

"상담 좀 해도 되나요?"

질문을 하는 그의 표정에서 그녀는 한 번 더 놀랐다.

"예, 말씀하세요."

지크는 서둘러 말했다.

"뭔가 좀 다른 게 필요해요. 도구든 뭐든 나에게 힘이 될 만한 것이 있다면 전부 말씀해 주세요."

"갑자기 왜 그런 질문을 하시는 거죠?"

"아직 부족해서요."

피엘의 물음에 지크는 서슴없이 답했다.

지금과 같은 흐름으로 시작되는 지크의 '상담'은 예전에도 몇 번이나 발생했다.

피엘은 그때마다 똑같이 왜 그런 질문을 하는지 물었고 지크는 판에 박힌 듯 똑같이 대답했다.

강해지고 싶다.

그런데 지금은 그 대신 '부족하다'는 대답이 나왔다.

"무슨 일이 있었나요?"

"예?"

"아뇨, 뭐랄까… 어른이 되신 것 같아서요."

이제 그는 약한 자가 아니다. 강해지려는 자다.

피엘은 지크가 이해하기에 조금 어려울 수도 있는 그 말을 '어른'이라는 단어로 축약해서 말했다.

그 말을 꺼낼 때 그녀는 자신의 아리스톤 심장이 소녀의 것처럼 두근거렸음을 느꼈다.

"원래 어른이었으니 제 질문에나 답해주세요."

"후후, 그래요."

피엘이 짐을 놓고 팔짱을 꼈다.

"크게는 두 가지가 있어요."

"뭐죠?"

"이건 지크님께서 태어나시기 얼마 전에 있었던 일입니다. 현재는 선신계와 관련된 힘이죠."

"천사의 힘인가요?"

"아뇨, 인간이 사용했던 힘이에요."

"예?"

피엘은 당황한 지크의 표정에 재미를 느꼈다.

"인간이 사용했던 힘이라고 해서 무시하지 마세요. 실제로는 아주 대단하답니다. 여러분 중에 한 분이 나서야 할 정도로 심각한 상황을 막아낸 영웅의 힘이거든요."

"그런 괴물 같은 인간이 있단 말이에요?"

"물론이죠. 그것도 지크님이 살고 계셨던 세계의 일원이셨어요."

"예?"

"그분과 지크님, 두 분께서 직접 만나신 적도 있어요. 기억 안 나세요?"

피엘이 빙긋 웃었다. 지크는 혼란에 빠져 고개를 갸웃거렸다.

"정말 안 떠오르시나요?"

"모른다니까요?"

"이상하군요. 그 어떤 신의 가호도 받지 않고 맨몸으로 지크님을 패퇴시킨 유일한 인간인데 말이죠. 흐음?"

놀리는 듯한 그녀의 말에 거의 지워지기 일보직전이었던 지크의 기억이 되살아났다.

"설마, 그 아저씨 말이에요?"

"맞아요. 떠오르셨군요."

피엘은 문제를 맞힌 학생을 칭찬하듯 웃으며 고개를 끄덕거렸다.

"하지만 그 이후로 벌써 수천 년이나 흘렀는데…… 세상도 이상하게 꼬였잖아요?"

"그분은 온전히 계세요."

"예?"

지크는 등골이 오싹해 소리를 질렀다.

며칠 전처럼 상의를 벗은 채 그물침대에 누워 있던 리오가 눈을 뜨고 고개를 들 정도로 격한 소리였다.

"왜요? 인간인데?"

"오랫동안 수련을 쌓은 인간들 가운데에는 그 가치를 인정받아 신계에 불려가는 자들이 있답니다. 그분이 그런 경우죠."

"그 아저씨랑 다시 싸워야 한다는 거군요."

"아뇨, 지금은 싸울 필요가 없어요."

"그건 또 무슨 말씀이세요?"

"힘의 차이가 현격하니까요. 현재 그분은 죽었다 깨어나도 지크님을 이길 수 없어요."

지크는 그녀가 또 빙빙 돌려 말하는 것 같아 화가 났다.

"그럼 말씀하신 방법이라는 게 대체 뭐죠?"

"그분께서 인간이셨을 때 쓰셨던 힘을 얻어오는 거죠."

"그럴 만한 가치가 있나요?"

"물론이죠. 수련을 쌓은 인간을 여러분만큼 강하게 만들어주는 선신계의 보물이에요."

피엘의 표정에서 장난기가 사라졌다.

"그걸 사용하신다면 엄청난 일이 일어날 거예요. 이미 검증된 힘이니까요."

"그 힘이라는 게 제 힘을 버텨낼 수는 있나요?"

지크가 의문을 제기한 이유는 그가 가진 무기, 무명도가 훈련 도중에 그가 요구하는 속도를 버티지 못하고 동강난 일이 있었기 때문이다.

그 도검은 이후 170년이 넘는 강화 과정을 거친 뒤에야 지크의 요구사항을 가까스로 맞출 수 있었다.

"물론 제가 온갖 수단을 동원해서 손을 봐야 하죠. 문제는 얻는 과정이에요. 그 힘의 주인은 아직까지 그분이고, 지크님은 그분께 인정을 받으셔야만 해요."

"대화로 풀어라, 이거죠?"

"그렇지요."

"뭐, 좋아요. 그럼 나머지 하나는 뭐죠?"

피엘은 대답에 앞서 턱을 만졌다.

"음… 친구를 좀 사귀시는 게 좋겠네요."

"어디서요?"

"마침 마땅한 분이 주신계에 계세요."

"역시 대화로 풀어야 하나요?"

"아니요."

그녀가 눈웃음을 지었다.

"주먹으로 푸시면 돼요."

"후."

지크도 웃었다.

"그럼 어려운 일부터 하죠. 선신계로 가면 되나요?"

"제가 먼저 자리를 주선하지요. 얼마 걸리지 않을 테니 이곳에서 잠시 기다려 주세요."

피엘은 기쁜 얼굴로 그 세계를 떠났다.

공간이동 및 그 공간이동의 보안을 지키는 흔적이 사라진 뒤, 그때까지 가만히 있던 리오가 슬그머니 일어났다.

"저 여자, 웃었군."

"원래 잘 웃잖아?"

지크가 변호를 하자 리오는 다시 그물침대 위에 누웠다.

"진심으로 웃는 건 드물었지."

"그랬나?"

네가 그렇게 들떠 있는 것도 오래간만이다. 리오는 그렇게 말을 하려다가 그만두었다.

'아, 내가 아는 지크와는 다른 놈이었지?

리오는 자신과 지크 사이에 놓인 그 미묘한 감정을 이해할 수 있을 것 같았다.

*　　　*　　　*

리오와 지크가 잠시 과거를 떠올린 사이.

헬리오스에게 날아가던 회색의 파멸구 앞에 소머리 괴물들이, 아니, 백색의 수호정령들이 무수히 나타났다.

적어도 수천 개체는 되었다.

헬리오스가 온 힘을 다해 만들어낸 그 수호정령들은 먹이를 찾은 개미들처럼 일제히 데이브레이크의 탄환을 감쌌다.

그들이 데이브레이크를 감싸는 것과 동시에 정령들의 군집이 크게 부풀었다가 사방으로 흩어졌다.

그들이 감싼 폭발의 에너지는 안전하게 하늘로 치솟았다.

그 파괴적인 용오름이 경기장의 대기를 관통했다. 뚫리

고 밀린 대기가 가운데에 큰 구멍이 난 구름을 경기장 상공
에 일순간 만들어냈다.

강제적으로 변화된 자연이 천둥과 번개를 토해내며 괴로
워했다.

강렬한 번갯불 하나가 헬리오스의 머리 위로 떨어지다가
적중되기 직전에 파열되어 사라졌다.

"건방진……!"

헬리오스가 파랗게 질린 얼굴로 리오를 노려봤다.

경기장에 있는 존재들 가운데 가장 놀란 자는 사실 그였
다.

만약 헬리오스가 정식 신으로서 그 불멸의 권한을 갖고
있었다면 지금 상대가 자신에게 날린 데이브레이크를 비웃
을 수 있었을 것이다.

그러나 헬리오스는 현재 신이었던 존재이고 불멸의 권한
은 갖고 있지 않았다.

타격을 받는 즉시 그의 몸은 찢기는 것으로 끝나지 않고
먼지보다 더 작은 입자단위로 분쇄되어 결국 증발해 버렸
을 것이다.

헬리오스는 그 사실을 알았다는 것이 분해 견딜 수가 없
었다.

"나는 헬리오스다!"

그가 외쳤다.

"위대한 태양의 화신이란 말이다!"

헬리오스의 온몸이 황색으로 뜨겁게 빛을 냈다. 공격을 위한 빛이 아니라 방어를 위한 빛이었다.

상대의 소극적인 모습에 리오가 검은색의 연기 속에서 웃었다.

"알아, 안다고. 누가 뭐랬나?"

구체화된 그의 증오심은 회오리치는 연기와도 같았다.

그 검붉은 왜곡 속에서 리오의 두 눈이 빨간색으로 이글거렸다.

"하지만 부족해."

그가 아쉽게 웃었다.

"넌 태양의 화신이잖아? 아, 미안. '위대한' 태양의 화신이군. 너무 시시해서 깜박했어."

"윽……!"

헬리오스의 입 밖으로 쓴 소리가 터졌다.

"드러낼 기회를 한 번 더 주지. 그러니 결정해 봐."

그 웃음은 어둠 속에서 먹잇감을 노리고 도사리는 악마만이 지을 수 있는 것이었다.

분노 속에서도 헬리오스는 결정을 망설였다.

혹시라도 그 데이브레이크라는 이름의 공격이 한 번 더

발동되어 스치기라도 한다면 단시간에 복구가 불가능한 피해를 입게 될 것이 뻔하기 때문이었다.

"질문이 복잡했나? 좀 도와주지."

리오의 눈빛이 폭발하듯 번졌다.

"싸우든가, 꺼지든가!"

그 포효 한 방에 경기장과 관중석 사이에 단단히 쳐 있던 결계가 방망이에 두드려 맞은 이불마냥 출렁거렸다. 하늘에 만들어진 구름도 멀리 흩어졌다.

여운 속에, 잠시 행성을 흔들던 리오의 살기와 증오심이 본래의 수준으로 수습되었다.

"둘 중에 하나야. 이렇게 도와줬는데도 결정을 못하면… 뭐랄까?"

그가 다시 웃음소리를 흘렸다.

"그래, 가축으로서의 쓸모조차 없다는 뜻이겠지."

그 도발에 헬리오스는 문득 자신의 꼬락서니를 깨달았다.

그는 피조물이라며 무시했던 상대에게 완전히 위압당하고 있었다.

가장 원시적인 감정 중에 하나라고 할 수 있는 분노조차 잠시 동안 느끼지 못할 정도였다.

"네 이놈……!"

헬리오스의 몸을 지키던 황색의 빛이 그의 오른손으로 옮겨 붙었다.

그 빛은 큰 검의 몸체 모습이 되어 헬리오스의 손바닥 위로 솟아났다.

"네놈의 가죽껍데기가 뼈대에 붙을 때까지 말려 죽이겠다!"

헬리오스의 손바닥에 솟아오른 검이 묵직한 기세를 담아 리오를 노렸다.

황색의 열기가 리오의 어두운 연기를 조금 찢고 위로 튕겨 나갔다.

"좋아, 다시 가축으로 인정해 주지."

리오가 디바이너를 들었다.

"다시 신이랍시고 떵떵거리고 싶으면 열심히 해. 점수는 내가 매겨주지."

"누가 누굴 시험한단 말이냐!"

태양의 화신이 격분했다.

한줌의 열기로 사라졌던 헬리오스가 리오의 앞에 번쩍 나타나 검을 휘둘렀다.

그의 검은 실체가 없을 뿐더러 단순한 열기가 아니었다.

모양만 검일 뿐, 태양 그 자체처럼 열핵융합반응의 에너지 덩어리 그 자체였다.

실체를 가지고 있는 검, 디바이너로 막을 만한 것이 아니었다.

하이엘바인은 그 상황을 보고 당황했다.

리오가 피하기는커녕 오히려 디바이너로 맞대응하려 하고 있었기 때문이다.

'대체……?'

그의 생각을 읽은 것은 아니었다. 애초에 읽을 수도 없었다.

그녀가 알고 쌓아 온 전투의 지식을 바탕으로 그의 자세와 분위기를 통해 예측한 것이다.

"헬리오스의 검은 제련된 무기가 아니라 신의 권능일세."

그녀가 자신도 모르게 혼잣말을 했다.

지크, 피엘, 제타가 그녀를 봤지만 키르히는 재미에 흠뻑 빠진 아이처럼 리오에게서 한눈을 팔지 않았다.

"궁니르와 비슷한 수준의 무기나 방어구가 아니면 권능을 막아내는 것이 불가능할 텐데, 저 남자는 대체 무슨 생각인가?"

"모르시겠다면 가르쳐 드리죠."

지크가 말했다.

순간 진홍의 폭발이 리오와 헬리오스 사이에서 터졌다.

"아."

지크가 아쉬워했다.

"설명할 기회를 안 주네, 저 녀석."

폭발의 충격에 중심을 잃은 헬리오스가 술에 취한 사람처럼 수차례 뒷걸음질을 치더니 가까스로 중심을 회복했다.

"네놈도… 핵융합폭발을? 네놈에게 그 정도의 권능이 있었단 말인가?"

"권능?"

리오는 디바이너에 걸려 있던 마법검, 플레어 버스터의 흔적을 털어내며 헬리오스에게 다가갔다.

"그냥 흔한 경우랄까?"

"뭐라고?"

리오가 왼손을 내밀어 헬리오스에게 가까이 다가오라 손짓했다.

"줄여서 경험이라고들 하지."

디바이너에 다시금 플레어 버스터가 걸렸다.

마법검을 만드는 스펠다이얼이 하이엘바인의 눈에나 얼핏 보일 정도로 빠르게 나타났다 사라졌다.

'역시, 저 남자가 신의 권능을 가질 리는 없지.'

하이엘바인이 생각했다.

진홍색의 빛과 룬 문자로 휘감긴 디바이너가 격렬하게 진동했다.

하이엘바인은 놀랍도록 맑은 그 진동음을 더 깊게 듣기 위해 눈을 감았다.

"치열하고, 증오에 휘감겨 있고, 또 살기가 넘치면서도… 놀랍도록 정갈한 음색이로군."

"뭐, 경험이란 정직하니까요."

지크가 빈정거리듯이 말했다.

사실 이론은 간단했다.

헬리오스가 사용하는 열핵융합반응의 힘을 그와 동일한 성질과 위력의 공격 기술인 마법검, 플레어 버스터의 열핵융합 폭발로 받아낸 것이다.

문제는 속도와 위력이었다.

플레어 버스터는 엄연히 마법이고 성공하기 위해서는 '가장 복잡하고 귀찮은 행사'인 주문을 완성해야 한다.

권능으로서 힘을 당연하게 다루는 자, 즉 신에게 맞서기 위해 애초부터 신이 아니었던 자가 대항하는 유일한 수단은 그 권능에 가까운 속도로 주문을 외워 완성하는 것뿐이다.

그 속도의 기준은 사실상 불가능이었으나 리오의 기준에서 그것은 그리 대단한 게 아니었다.

옛 신들과의 싸움을 수없이 반복한 끝에 죽음을 담보로 하여 결국 진보된, 말 그대로 '흔한 경우'의 현재 진행형일 뿐이었다.

위력은 이미 논외의 대상이나 마찬가지였다.

그 힘이 온전하다고 해도 무방한 태양의 화신, 헬리오스의 공격을 받아낸 만큼 그 누구도 위력을 의심치 않았다.

"나도 저렇게 할 수 있다, 이거지?"

젊은 청년, 키르히가 놀랍도록 밝은 얼굴로 지크에게 물었다.

'정말 천성적인 싸움꾼, 아니, 살인자로군.'

지크는 그리 생각하며 씩 웃었다.

"물론이지."

뒤이어 두어 번의 폭발이 경기장을 연속으로 흔들었다.

리오와 헬리오스는 동등한 위력으로 충돌하고 있었다. 헬리오스는 조금 조급해 보였고 리오는 증오심을 유지했다.

그 시점에서 올림포스의 여신이자 군신(軍神)인 아테나는 승부의 끝을 예상했다.

'권능으로 상대를 제압하는 신과 직접 맞부딪쳐 싸우는 신의 차이는 크지.'

그녀는 증오의 검은색 안개 속에서 검을 움직이는 리오

의 모습을 세세히 살폈다.

　근육의 움직임, 무게중심의 이동 같은 인간적인 수준의 관찰이 아니었다.

　그녀는 신의 시야를 통하여 그가 이끌어내는 주변 상황 및 법칙의 왜곡, 그리고 대지 밑바닥까지 파고드는 그의 살기를 주시했다.

　'검을 이용한 타격 기술에 능한 자라는 것은 알고 있었지.'

　그녀는 리오 스나이퍼라는 이름을 알고 있었다.

　헤파이스토스와 함께 하데스의 아래에서 꾸준히 존재를 유지해 온, 그야말로 살아 있는 올림포스 신이었다.

　그 점에서는 하이엘바인과 비슷했다.

　하이엘바인과 달리 어딘가에 갇힐 일이 없었던 그녀는 제한적이지만 몇 가지 크고 작은 정보들을 직접 접할 기회가 많았다.

　그 중에는 리오에 대한 소문도 있었다.

　'그러나 내가 듣고 이해해 온 자와는 너무 다르군. 아무리 온갖 임무를 치르고 다양한 옛 신들을 처리한 자라 해도 헬리오스와 같은 최상위급 신과 단독으로 겨룬 일은 없을 터인데……'

　소문의 수준과 목격한 수준은 완전히 달랐다.

지금 리오의 수준은 그녀가 보기에도 위험했다. 헬리오스를 상대로 끝없는 여유를 부리는 것부터가 그랬다.

'처음에는 피엘 플레포스 비서관과 아스가르드의 하이엘바인 정도만 적으로 삼으면 될 것이라 생각했는데, 어렵게 됐군.'

그녀의 곁에 앉아 있던 다른 여신이 그녀의 귓가에 얼굴을 가까이 했다.

"아테나. 괜찮겠니?"

"니케님."

니케는 올림포스의 신이지만 그녀의 어머니인 '스틱스'나 곁에 있는 아테나에 비해 신격이 떨어지는 탓에 12신의 영역에는 들어가지 못했다.

하지만 아테나와 니케는 자매처럼 붙어 다녔다. 니케는 승리에 대한 조언자로서 아테나를 보좌했고 아테나는 그녀를 몇 안 되는 친구로서 굳게 믿고 있었다.

마치 날개처럼 보이는 옷으로 몸을 단단히 감싼 그녀는 자신의 반투명한 금발을 손끝으로 훑으며 불안함을 달랬다.

"저 리오라는 남자는 지나치게 위험해 보이는구나. 이길 수 있겠니?"

"더 지켜봐야겠지만 현재까지 저 남자는 문제없습니다."

아테나가 자신있게 답했다.

"오히려 하이엘바인이 걱정이지요."

"하이엘바인?"

"아스가르드의 하이엘바인은 말 그대로 전설의 존재입니다. 아르테미스의 이야기로는 능력이 대부분 봉쇄된 상태에서도 대단한 전투 능력을 과시했다고 합니다. 지금도 그 능력은 봉쇄된 것으로 보이나 쉬프터들까지 그들을 두려워하는 게 분명한 만큼 서투르게 생각해선 안 되겠지요."

그녀가 쉬프터라는 이름을 입에 담자 니케의 표정이 새파랗게 변했다.

"그들에 대해 함부로 이야기하면 안 된단다. 헤라님과 아폴론님께서도 그러셨지 않느냐?"

"그것은……!"

뭔가 강한 말을 내뱉으려 했던 아테나는 이를 악문 뒤 차례로 입술을 닫았다.

"알겠습니다, 니케님."

"음……."

니케는 사과하듯 아테나의 손을 쓰다듬어 주었다.

그때, 경기장 한가운데에서 헬리오스가 고함을 질렀다.

"크오오오!"

자신에게 무례를 범한 자의 고함을 들은 아테나는 조금

아쉬워했다.

'이제 죽겠군.'

어떤 방식이든 헬리오스는 파멸될 것이다.

신이 앞세울 수 있는 절대적 카드인 권능의 '위력'에서 동등함을 보인 이상 전투와 관련된 경험이 절대적으로 부족한 헬리오스가 리오를 이길 가능성은 없었다.

태양의 화신이라며 권능을 앞세웠던 자와 인생 대부분을 검만 쥐고 살아온 자의 차이였다.

올림포스의 군신으로서 직접, 혹은 간접적으로 오랫동안 전투를 경험했던 아테나는 그 사실을 알고 있었다.

'데이브레이크는 듣지 않았으니 지하드라는 이름의 기술을 사용하겠지. 이번 기회에 봐두는 것이 좋겠군.'

아테나는 잔뜩 성이 나 상대를 노려보고 있는 헬리오스와 검끝을 움직이며 여유를 부리고 있는 리오를 집중하여 주시했다.

"후후."

리오의 웃음이 그를 둘러싼 검은색의 안개를 잠깐 밀어냈다.

"태양의 화신이라 그런지 검술은 영 아니군. 봐주기도 이제 지쳤어."

붉은색의 빛이 그의 입 부근을 가로질렀다. 혀로 입술을 얇은 것이 그렇게 드러난 것이다.

"존재한다는 것 자체가 얼마나 행복한 건지 이제 알게 해주마."

붉은색으로 퍼지는 리오의 눈빛이 더 강렬해졌다.

"나는 태양의 화신이다! 올림포스 12신의 헬리오스란 말이다!"

헬리오스가 단숨에 자신의 힘을 방출했다.

경기장의 바닥 전체가 태양의 표면처럼 한순간 밝게, 그리고 뜨겁게 달아올랐다.

결계가 열과 그 충격을 막아주는 한편, 리오와 헬리오스의 몸이 하늘로 떠올랐다.

"아직도 그 소리인가?"

헬리오스의 힘이 폭발하면서 잠시 흩어졌던 리오의 기운이 다시 본래의 자리로 돌아와 그를 검게 둘러쌌다.

"이제 들어주기도, 말해주기도 힘들군."

리오가 경기장 쪽으로 손을 내밀었다.

"네놈의 다른 입장이 그것 말고 또 있다는 걸 물리적으로 가르쳐 주마."

경기장에 가득했던 열과 빛이 그의 손으로 모조리 흡수되었다.

그 빛은 리오의 오른손 위에서 데이브레이크의 커다란

에너지 구체로 다시 떠올랐다.

헬리오스는 다시 수호정령들을 부를 준비를 했다.

데이브레이크의 빛이 이번에는 그를 휘감았던 검은색 연기와 뒤섞여 압축되었다.

동시에 헬리오스의 앞으로 수호정령들이 다시 나타났다.

'다시 막아내고 널 파멸시키겠다, 태초의 어둠 같은 놈!'

리오의 손에서 데이브레이크가 떠났다. 수호정령들은 이번에도 자신들의 창조자를 지키기 위해 한데 뭉쳤다.

또 다른 폭발이 모든 이들의 눈앞에서 일어났다.

그 관람객 속에는 쉬프터들도 포함되어 있었다.

"음."

프라임이 흠칫했다.

그의 복장을 장식하는 금색의 자수는 순백색 담장에 정갈히 올라붙은 담쟁이덩굴처럼 화려했다.

화려하면서도 생기가 넘치는 그 무늬는 프라임이 움직일 때야말로 진정한 가치를 발한다.

그가 숨을 쉬기만 해도 그 자수들은 단순한 덩굴의 모양에서 바다의 큰 흐름에 몸을 맡긴 금색의 해조류처럼 살아서 숨을 쉰다.

그러나 이번에는 달랐다.

단 한 번의 격정이 있었을 뿐이었다.

어느 한순간 자리에서 일어난 프라임은 검붉은 증오심에 휩싸여 있는 하이볼크의 피조물을 경외하듯 올려다봤다.

"젊은 동포들이여."

프라임의 목소리에 모든 쉬프터들이 긴장했다.

"나는 온갖 신들의 피조물들을 봐왔다네. 그 중에서 나를 만족시킨 것들은 극히 적었지. 좋은 재능을 가진 신들의 수는 얼마 없었거든."

"프라임이시여."

그의 양 옆에 서 있는 붉은색의 퀸들이 그에게 조금 다가섰다.

"분노의 이유를 말씀해 주십시오."

"저희가 즉시……."

적극적인 퀸들의 이야기를 베어 끊듯 프라임은 왼손을 옆으로 내밀었다.

"자네들 말대로 나는 분노하고 있다네."

계단처럼 층이 진 프라임의 가면이 다시금 그 검은색 가죽옷의 '피조물' 쪽으로 움직였다.

"저 맹수는 불과 수천 년을 산 미생물일세. 그 시간 동안 그저 창조자의 명령에 따라 목표를 말살해 왔을 뿐이지."

프라임은 자신이 지적한 그 피조물, 리오의 역사를 자세히 알지는 못했다.

그런데도 그가 단언한 근거는 리오의 증오심과 적을 상대하는 잔인무도한 태도였다.

프라임은 여태껏 그런 자들을 수없이 지켜보고 만나봤다. 그렇기에 그는 방금 전까지만 해도 지루함을 떨쳐 내지 못하고 있었다.

그러나 지금은 달랐다. 분노에 차 있었다.

물론 단순한 분노는 아니었다.

이 자리에 모인 쉬프터들 가운데 그를 가장 오랫동안 보필한 퀸들은 그의 분노에서 압력을 느꼈을지언정 두려움을 느끼지는 못했다.

그들이 정작 느낀 것은 젊은 자극이라고 표현할 수밖에 없는 부조화였다.

퀸들을 자제시켰던 프라임의 손이 다시 내려왔다.

"난 조금 전까지 그리 생각하며 자만했다네."

잠깐의 틈을 두고 나온 그의 목소리에는 확실한 무게감이 존재했다. 그 중량에 퀸을 비롯한 모든 쉬프터들이 침묵했다.

"그러나 조금 전에 우리가 본 것은 무엇인가? 왜 저 미생물이 나를 분노케 하는 것인가?"

프라임이 쓴 가면의 틈새에서 금색의 빛들이 흘러나왔다.

"누가 우리의 비밀을 흘린 것인가!"

그의 고함에 퀸을 제외한 모든 쉬프터들이 무릎을 끓었다.

충성이나 예의에 따른 행동이 아니었다. 그것은 힘이 빠져 떨리는 퀸들의 두 다리가 증명했다.

프라임이 가진 의문은 '현장'에 있는 하이엘바인 역시 동일하게 품고 있었다.

온갖 전투기술을 보고 익혀온 그녀는 방금 자신이 본, 리오가 올림포스의 신을 향해 내던진 어떤 것을 본 직후 생각을 바꿀 수밖에 없었다.

"검은색의… 데이브레이크?"

리오가 하이볼크에게 부여받은 기술, 데이브레이크의 능력은 목표물의 철저한 섬멸이다.

삶의 근본이자 모든 순환의 기점이라 할 수 있는 빛의 힘을 거꾸로 계산하여 만들어지는 그 힘은 모든 것을 와해시키는 탓에 이론상 그 어떤 방어 수단도 무시할 수 있다.

그 섬멸 공격에 대처할 수 있는 방법은 단 하나, 신으로서 불멸의 권한을 갖는 것뿐이다.

불멸의 권한이란 신들의 육체와 정신을 구성하는 모든 법칙의 영구적인 자물쇠다.

행여 어떤 신이 자신의 방어 능력을 완전히 넘어서는 공격을 받아 몸 전체가 상실된다 해도 그 자리, 그 시점에서 즉각 재생될 수 있다.

하이엘바인이 오딘에게 듣고 자료로 경험한 데이브레이크의 개념은 이러했다.

그러나 색이 달랐다.

밝은 회색이 아니라 검은색이었다.

그것도 그냥 검은색이 아니라 쉬프터들이 사용하는 검은색 불꽃에 가까웠다.

"내가 잘못 본 것인가?"

하이엘바인이 동료들에게 물었다.

지크는 대답이 없었고 피엘과 제타는 오히려 자신들이 질문하고 싶다는 표정이었다.

"뭐가?"

무슨 일이 벌어진 것인지 보지도 못한 붉은 코트의 청년, 키르히는 어리둥절한 표정이었다.

경기장 바닥에 뭔가가 철퍼덕 떨어졌다.

늑골 아래가 뜯겨 나간 듯이 사라진 헬리오스의 상반신이었다.

'이 무슨……?'

헬리오스는 고개만 겨우 들어 자신의 하반신이 있던 곳을 봤다.

데이브레이크에 맞아 사라진 부분의 재생이 이뤄지지 않

왔다. 아까와는 완전히 다른 상황이었다.

신의 육체를 이루는 것은 세포가 아니라 개념과 법칙의 조합이었다. 그래서 연산 능력이 뛰어난 신일수록 재생의 속도도 빨랐다.

그러나 헬리오스의 몸은 맹수에게 뜯기고 남겨진 짐승의 일부마냥 변화가 없었다.

사실 재생은 확실히 이뤄지고 있었다. 그러나 속도가 대단히 늦었다.

'설마, 내 몸을 이루는 법칙 자체가 괴멸된 건가?'

잘린 몸뚱이를 하염없이 바라보는 헬리오스의 시야에 검고 붉은색의 연기에 완전히 뒤덮인 자가 들어왔다.

경기장에 내려온 리오는 붉은색의 안광과 검은색의 짙은 연기를 흘리며 헬리오스를 향해 걸어갔다.

그 풍성한 기운들로 인해 리오의 모습은 마치 검은 갈기의 사자가 먹잇감에 대한 욕망을 흘리며 걸어가는 것처럼 보였다.

"여어, 가축."

붉은 안광 속에 광기가 섞인 비웃음이 피어올랐다.

"가축은 가축답게 죽어야지? 안 그런가?"

디바이너의 칼날이 주인이 풍기는 검은색 연기를 가르며 나타났다.

"으윽!"

헬리오스는 야수의 송곳니를 막기 위해 손을 내밀었다.

그러나 보라색 검의 끝은 데이브레이크의 피해로 인해 몸의 법칙이 뒤엉킨 헬리오스의 방어를 간단히 깨부쉈다.

디바이너가 포개어진 헬리오스의 두 손을 꿰며 그의 가슴에 박혔다.

"크아아아악!"

비명을 지르는 헬리오스의 몸이 차츰 빛을 잃었다.

그가 가진 태양의 힘이 디바이너를 통해 리오의 몸속으로 빨려 들어가고 있었다.

"자기 발로 도살장에 들어가는 가축은 잘 없지."

리오는 헬리오스의 상반신을 검에 꿴 채 경기장을 걷기 시작했다.

"으아악! 으아아아악!"

버둥거리는 헬리오스로 인해 그가 남기는 경기장의 흔적이 요란했다.

재생의 기회마저 잃은 채 비명을 지르며 죽어가는 신의 모습은 관중석을 채운 올림포스의 원령들조차 압도했다.

경기장을 한 바퀴 돌 무렵, 헬리오스의 목에서 비명이 그쳤다.

리오가 멈추고 그를 봤다.

태양의 화신은 아직 살아 있었다. 그 사실은 그의 힘을 흡수하고 있는 리오가 더 잘 알고 있었다.

건조된 시체처럼 바짝 말라 버린 헬리오스는 지친 나머지 비명도 못 지르고 있었다.

"하, 이런."

리오가 검을 쥔 손목을 움직였다.

"한참 좋은데, 뭐지? 더 할 수 있잖아?"

말을 내뱉는 그의 표정에는 즐거운 증오가 가득했다.

헬리오스의 몸에 파고든 디바이너가 고문용 도구처럼 교묘하게 움직였다.

"끄아아아아!"

헬리오스가 남은 힘을 다해 비명을 터뜨렸다.

"항복이다! 항복하겠다!"

"아, 그래?"

항복 선언에도 불구하고 이리저리 움직이는 디바이너의 각도가 더 과격해졌다.

"아아아아아아!"

헬리오스의 손이 부서지고 가슴이 파헤쳐졌다.

그의 몸을 이루는 법칙인 태양의 빛과 열기가 혈액과 살점 대신 경기장 바닥에 튀었다.

마치 사막을 헤매던 목마른 짐승이 기어코 발견한 황금

빛 샘물에 주둥이를 담그고 마구 파헤쳐 마시는 듯한 광경이었다.

리오의 표정도 그만큼 환희에 젖어 있었다.

물론 헬리오스가 뼈와 살로 이루어진 보통의 생물이었다면 터져 흩어지는 것은 그저 끔찍하기만 했을 것이다.

"느낌 좋지? 내가 좀 익숙해."

헬리오스의 가슴팍에서 튄 파편이 리오의 얼굴과 가슴 등에 튀었다.

경기장의 흙도 간단히 녹일 만큼 뜨거운 법칙의 파편들이었으나 그의 몸에는 아무런 영향도 주지 못했다.

"예전에 약간 웃기는 임무를 받은 일이 있었어."

이야기와 함께 디바이너가 한 차례 더 헬리오스를 덮쳤다.

"신과 접촉한 어떤 인간을 잡아서 그놈이 만난 신의 이름을 캐내라는 거였지. 그래서 한 8시간 정도 그놈의 가슴을 캐냈어. 이런 식으로 말이야."

리오의 미소가 더 농익어들었다.

"가슴을 열고 뼈를 들어냈다고 해서 당장 죽는 인간은 없어. 심장 같은 중요한 내장과 혈관만 잘 남겨두면 얼마 동안은 살려둘 수 있지. 익숙해지면 말이야."

그의 눈에서 불타오르는 붉은색의 빛이 강렬해졌다.

"후후, 넌 신이니까 하루 종일 가능하겠지? 즐겨보자고, 우리. 신음도 못 지를 때까지 계속해 줄 테니까!"

"그만! 그만해!"

헬리오스가 손이 떨어져 나간 두 팔을 간절히 휘둘렀다.

그 직후 팔들이 좌우로 날아갔다.

"그만하시오!"

경기장의 해설을 맡은 육중한 몸매의 원령이 리오를 향해 외쳤다.

"헬리오스님은 패배를 인정하고 항복하셨소! 더 이상의 적대적 행동은 반칙이오!"

"그래?"

리오가 해설가를 노려봤다.

경기장 구조상 훨씬 높은 자리에 위치해 있음에도 불구하고 원령의 기운이 위축되었다.

"반칙에 대한 벌칙은 뭐지?"

리오가 묻자 원령이 당황했다.

사실 그런 조항은 존재하지 않았다. 방금 전에 내뱉은 '반칙' 이라는 말은 헬리오스를 살리기 위해 급조한 것에 불과했다.

"그, 그것은……."

"잊었나? 그럼 생각해 봐. 시간은 충분하니까."

리오가 또 다른 디바이너를 왼손에 들고 헬리오스의 가슴을 찔렀다.

찌르고 비틀어 파헤치는 리오의 동작이 더 과격해졌다. 검으로 헬리오스를 내려찍을 때마다 경기장 바닥 전체가 울렸다.

그 울림은 경기장 바깥까지 흔들었다. 집중된 충격이 대륙 안쪽까지 파고드는 수준이었다.

경기장 주변에서 어슬렁거리던 원시적 모습의 야생동물들이 그 인공의 지진을 피해 썰물처럼 도망쳤다.

초감각을 통해 주변 전체를 장악한 그 공포들을 느낀 하이엘바인은 리오의 광기를 이해할 수 없었다.

"왜 저렇게까지……?"

"이상해?"

어린아이처럼 대기석 난간에 두 손을 대고 구경하던 키르히가 그녀를 흘끔 봤다.

"재밌잖아? 저런 거."

"……."

하이엘바인은 그 천진난만한 살기에 조금 놀랐다.

그녀는 천부적인 싸움꾼, 아니, 전사들을 기억조차 나지 않을 만큼 많이 만났다.

그러나 천부적인 '살인자'는 드물었다.

후천적인 경우로 인해 살인에 익숙해지거나 즐기는 자들과는 달랐다. 키르히는 태어날 때부터 심리적으로, 육체적으로 살인에 대한 재주를 타고난 자였다.

"자네, 처음으로 남을 살해한 적이 언제였나?"

하이엘바인이 질문했다.

키르히는 이 와중에 별걸 다 묻는다는 표정으로 그녀를 한 번 노려봤다.

"여덟 살 때였지, 아마?"

키르히의 발언에 지크와 피엘, 그리고 제타가 잠시 리오에게서 시선을 떼고 그를 봤다.

"난 고아원을 운영한답시고 애들을 이용해 먹던 놈에게 길러졌어. 언제부터 그 고아원에서 살게 됐는지는 기억도 안 나. 어떻게 태어났는지는 최근에 알았지만 말이야."

키르히는 자신의 싱싱한 갈색 머리카락을 오른손으로 눌렀다.

"놈은 남자애들을 탄광에 가두고 계속 부려먹었어. 그래 놓고 주는 거라고는 옥수수 가루 한 줌뿐이었지. 여자애들은 일을 안 시키는 대신에 일곱 살 생일이 지나면 웬 놈들에게 팔아넘기더군. 파렴치한 놈이었어."

"그래서 그자를 징벌한 건가?"

"징벌?"

키르히가 웃음을 툭 터뜨렸다.

"여덟 살이라고 했잖아? 놈이 죄를 짓는지, 뭘 하는지 구별할 나이가 아니라고. 나 말고는 그저 놈에게 두드려 맞는 걸 두려워했을 뿐이야. 말하는 가축이랑 다를 바가 없었지."

"그럼 그를 왜 죽였나?"

하이엘바인이 다시 물었다.

"놈이 날 화나게 했어."

"때렸나?"

"그날 저녁에 갑자기 옥수수 가루가 떨어졌다면서 안 주더라고."

그는 자신의 오른손을 보며 쥐었다 폈다 하는 것을 반복했다.

"쉬웠어. 먼저 놈이 쓰고 있는 안경을 빼앗았지. 그놈은 원래 용병이었는데, 시력이 너무 나빠지는 바람에 강제로 은퇴하게 됐거든. 안경이 없으면 낮이랑 밤밖에 구별 못하는 수준이니 당연했지."

기억을 떠올리며 그는 웃었다.

"놈은 뿔테 안경을 썼어. 알지? 짐승 뿔로 만든 거 말이야."

"모르네."

신족이라 시력이 나빠질 일이 없는 하이엘바인으로서는 당연한 반응이었다.

키르히는 안경에 대한 설명을 해야 할지, 아니면 자신의 이야기를 계속 해야 할지 고민하며 자신의 바람머리를 벅벅 긁었다.

"아무튼, 그 다음은 간단했어. 안경다리를 부러뜨려서 놈의 목에 박고 바로 뽑았지. 피를 막 뿜더니 바로 드러눕더군."

"목의 경동맥을 찔렀단 말이야? 여덟 살 애가?"

지크가 약간 놀라 물었다.

"동맥인지 뭔지는 나중에 알았어. 당시에는 안경다리로 죽일 수 있는 부분이 거기뿐이라는 것만 느끼고 있었지. 그게 끝이야. 그게 내 첫 살인이었어. 나중에 신고를 받고 온 군인들에게는 친구들을 괴롭히는 것에 화가 나서 그랬다고 거짓말을 했지."

"거짓말은 또 왜 했는데?"

지크가 어이없다는 듯이 웃으며 묻자 키르히는 대답에 앞서 뒷목을 긁었다.

"옥수수 가루 때문에 죽였다고 하면 좀 창피할 것 같아서 말이야."

역시나 생각의 구조가 다르다. 지크는 다시금 그를 그렇게 평가했다.

"이후로는 뭐… 기억도 안 나네."

키르히는 다시 난간에 두 손을 대고 리오를 봤다.

"아무튼 내가 보기엔 바니, 네가 이상한 거 같은데?"

그의 지적에 하이엘바인이 움찔했다.

"무슨 말인가?"

"깨끗한 척하지 말란 말이야."

키르히가 짜증을 내며 그녀를 봤다.

"전사라며? 그런데 풀 한 번 못 밟아본 사람처럼 깔끔하게 구는 게 웃기잖아?"

그의 말에 하이엘바인이 뿌리치듯 팔을 움직이며 외쳤다.

"이미 승부가 나지 않았나? 저건 전사의 모습이 아닐세! 패자를 괴롭히는 건 승부라고 할 수 없네!"

키르히는 그녀가 왜 그렇게 화를 내는지 의아스러웠다.

하이엘바인의 눈에 비친 리오의 행동은 단순한 고문이었다.

그녀는 고문에 대해 상당한 거부감을 갖고 있었다.

그녀가 아끼는 부하이자 전우인 스트라케가 로키에게 붙잡혀 고문을 당한 일, 그리고 아버지인 토르가 인질로 잡힌 채 전쟁터 한가운데에서 끔찍한 일을 당한 일 등이 원인이었다.

키르히가 그 사정을 알았다면 그녀를 윽박지르지 않았을 것이다. 그도 그 정도의 상식은 있는 인물이었다.

한편, 리오의 '고문'이 점점 더 강해졌다.

"너도 이런 짓을 시킨 적이 있겠지? 네놈이 만든 하수인에게!"

그의 증오와 광기가 한층 더 폭발했다.

"그놈에게 몇 명이나 죽이라고 지시했나? 천 명? 만 명? 그러면서 그 하수인을 영웅이라고 추켜세웠겠지!"

그가 오른손에 든 디바이너로 뭔가를 찍어 들어 올렸다.

오른쪽 눈만 남은 헬리오스의 머리 반쪽이었다.

"자, 이제 어떻게 해줄까? 입은 남겨둘 걸 그랬나?"

헬리오스의 눈이 점점 감겼다.

"해도 안 졌는데 이 꼴이라. 태양의 화신이라는 말이 울겠군."

리오는 검에 꽂은 그것을 상대편 대기석에 집어 던졌다.

"역시, 네놈은 가축이다."

검은 불꽃에 휩싸인 헬리오스의 잔해는 의자에 앉은 여신, 아테나의 발 앞에 정확히 떨어졌다.

올리브색 눈동자의 여신, 아테나는 사그라지는 헬리오스의 잔해에서 시선을 떼고 경기장 반대편으로 걸어가는 리오의 등판을 봤다.

그를 감싸고 있던 검고 붉은 연기가 바람에 휩쓸리듯 사라졌다.

그 모습이 아테나의 눈동자에 깊숙이 각인되었다.

"각오를 달리 해야겠습니다, 여러분."

아테나가 말했다.

대기석에 앉은 모든 자들이 침묵했다.

헬리오스를 끔찍한 몰골로 죽게 해달라며 부탁하긴 했지만 방금 아테나가 본 모든 것들은 예상 범위를 넘어서고 있었다.

불멸의 권한이 없어도 헬리오스는 분명 신의 힘을 가진 자였다.

올림포스 12신의 자리에 앉을 자격을 인정받을 만큼 강력한 존재가 이렇게 일방적으로 박살이 난 것은 충격적인 일이었다.

팔짱을 긴 채 헬리오스의 소멸을 지켜본 제타는 계단 쪽으로 걸어오는 리오의 모습에 흡족해했다.

"영악한 자로군."

"영악해? 뭐가?"

키르히가 물었다. 말은 안 했지만 하이엘바인도 그 청년과 똑같은 표정으로 제타를 봤다.

"두목이 단순히 성격적 문제로 저런 과격한 행동을 했을 거라 생각하나? 두목은 우리가 반드시 알아야 할 것들을 확인했다네."

제타가 오른손 검지를 폈다.

"첫 번째가 이 싸움에 있어서 있는지 없는지 모르는 규칙의 확인일세. 혹시라도 있었다면 저 해설자가 아니라 다른 어떤 힘이 개입했겠지. 그러나 아무것도 없었네."

그녀가 이어서 중지를 폈다.

"두 번째는 쉬프터의 개입일세. 그들이 혹시라도 이 새로운 올림포스를 정식으로 식민지화할 생각이 있었다면 첫 번째 경우와 마찬가지로 어떠한 방식으로든 헬리오스에게 힘을 실어줬겠지. 하나 방치했네. 이것으로 쉬프터와 올림포스의 관계가 정리된 것이네."

제타는 V자가 된 두 손가락을 좌우로 흔들며 빙긋 웃었다.

"올림포스의 괴멸은 이제 시간문제라네. 행여 우리가 실패한다고 해도 말일세."

"흠."

한숨을 쉰 지크가 교신기의 촬영 기능을 이용해 그 모습을 찍었다.

자신의 모습이 어딘가에 기록됐음을 느낀 제타가 깜짝

놀랐다.

"무슨 짓인가?"

"아저씨의 소소한 취미야."

지크는 방금 찍힌 영상을 보다가 고개를 갸웃거렸다.

"음… 왼손도 그렇게 하고 올려봐."

"이, 이렇게?"

제타가 엉겁결에 지크의 말대로 했다.

"자, 웃어."

"……."

그 모습을 본 키르히는 지크가 왠지 나쁜 짓을 저지르는 것처럼 느꼈으나 문화의 차이일 뿐이라는 생각도 강하게 들어 표정만 조금 구겼다.

한편, 대기석으로 향하는 계단을 오르던 리오가 문득 발을 멈췄다.

자신의 주변에서 엄청난 일이 벌어지고 있음을 대번에 알아챈 그는 고개를 들어 계단 위를 봤다.

금색의 수가 놓아진 흰 옷의 쉬프터가 묵직한 걸음걸이로 계단을 내려오고 있었다.

리오의 눈에는 그저 정체불명의 쉬프터가 걸어오는 것으로밖에 보이지 않았다. 하지만 눈을 제외한 그의 모든 감각은 다른 자극을 받고 있었다.

몇 개의 우주가 그를 향해 쏟아지는 듯한 압력이 행사되고 있었다. 그 느낌에 리오는 실소를 터뜨렸다.

'저건 본체가 아니야. 어디선가 전송되는 허상일 뿐인데……'

그는 지난 1,000년의 훈련 동안 단 한 번도 이기지 못한 쉬프터, 킹과 퀸의 전투 능력을 떠올렸다.

'허상 주제에 놈들과 격이 다르군.'

그 허상, 프라임의 가면 틈새에서 금색의 빛이 흘러나왔다.

그리고 음성이 리오의 귀에 들려왔다.

"그저 싸우기 위해 만들어진 피조물이라면 나를 느낄 틈도 없이 뭉개졌겠지. 경이적인 저항력이로군. 과연, 자네는 특이한 피조물이야."

프라임이 한 계단 더 내려왔다.

"가까이 갈수록 자네의 모든 것이 느껴지는군. 그래… 자네들은 누구의 작품인가? 하이볼크? 오딘?"

잠시 정색한 리오가 이내 억지로 웃었다.

"후, 고작 계보를 따지러 왔나?"

"신선한 해석이군."

프라임이 열네 계단을 사이에 두고 걸음을 멈췄다.

"이쯤에서 얘기하도록 하세. 더 이상 접근하면 자네가 망

가질 것 같군."

그의 말대로 리오는 온몸이 붕괴되기 일보 직전에 놓여 있었다.

안전주문을 해제하면 견딜 수 있을 것 같았지만 그가 예상하는 한계는 고작 다섯 계단의 거리였다.

억지로 저항했다가는 역으로 프라임의 중압감이 주신계에 흘러들어 가 그곳의 일부를 부술 가능성이 있었다.

리오는 갑자기 나타난 이 허상의 정체가 궁금했다.

"나를 누군가와 비교하는 것 같군."

프라임이 웃음을 섞어 말했다.

"생각을 읽지 못해서 미안하네. 내가 알아낼 수 있는 것은 자네들의 구성 공식과 존재 이유, 존재 법칙 정도일세."

"솔직하시군."

"내가 자네들에게 거짓을 말해서 얻을 것은 없네."

"사탕 하나쯤은 줄 수 있어."

"후후."

프라임은 옷을 매만진 뒤 조용히 계단에 걸터앉았다.

단지 그랬을 뿐인데도 리오의 눈에는 그가 세상에서 가장 화려한 의자에 앉아 권세를 뽐내는 자처럼 보였다.

프라임은 그만큼 막강했다.

리오는 옷에 고정된 금색의 수가 살아 흔들리는 착각을

느꼈다.

일어날 수 있는, 혹은 일어날지도 모른다고 상정된 온갖 이상 현상에 적응되고 면역된 그의 시각이 허상의 힘에 의해 왜곡되어 발생한 일이었다.

'허상이 저 정도라면 실체는 그냥 있는 것만으로도 공간과 중력의 붕괴를 가볍게 일으키겠지. 저 정도로 강력한 존재를 버텨낼 공간 따위는 없어. 적어도 내가 아는 선에선.'

그는 어금니를 물었다. 턱 주변의 근육이 잠시 솟았다가 가라앉았다.

두께가 꽤 있는 철판을 겹겹이 쌓아 만든 듯한 프라임의 무광검정색 가면이 리오를 지그시 주시했다.

"이전까지 자네들이 공식적으로 접촉한 최상위 존재는 룩 계급일세. 내가 알기로는 그렇지. 그러나 자네들은 그 이상을 알고 있군."

프라임은 오른손을 들었다. 가면과 마찬가지로 무광검정의 금속장갑에 보호된 그 손이 프라임의 왼쪽 가슴을 덮었다.

"난 프라임 계급일세. 자네가 걱정하는 것으로 추정하는 킹 클래스, 그리고 퀸 클래스의 위에 있는 존재이지."

"최고 지휘관이란 뜻인가?"

"그렇다네. 위에 한 분 더 계시지만 자네가 도달할 수 없는 곳에 계시니 굳이 설명할 필요는 없겠군."

프라임이 자조 섞인 웃음을 지었다.

"내가 속한 계급, 프라임은 상당히 피곤하면서도 지루한 자리라네. 비숍 클래스에 비해 재미가 없거든."

"지루한 자리에 계신 분이 이렇게 직접 나타난 것을 보니 이 작은 피조물에게 흥미를 느낀 모양이군."

몸이 붕괴될지도 모를 상황에 놓여 있으면서도 리오는 안색 하나 바꾸지 않고 그를 조롱했다.

"바로 그렇다네."

프라임은 솔직하게 고개를 끄덕였다.

"그렇게 신경 쓰인다면 당장 날 제거하면 될 텐데, 왜 굳이 행차해서 그렇게 폼을 잡고 얘기를 하는 거지?"

"음, 오해가 있군."

프라임의 고개가 이번에는 좌우로 흔들렸다.

"우린 무조건적인 침략과 같은 원시적인 행동에는 관심이 없다네. 다만 생산의 효율을 위해 실행하는 적대적 행동 정도는 가끔 한다네."

"가지치기 말인가?"

리오는 여태껏 쉬프터들이 자신들의 정체를 조금이나마 파악했거나 연구하려 한 자들을 없애온 사실들을 비꼬아서 그리 표현했다.

"좋은 예로군."

프라임은 두 손을 자신의 무릎 위에 자연스럽게 걸쳤다.

"신들은 재밌어."

프라임은 그렇게 이야기를 시작했다.

"자네도 알 것이야. 그들은 법칙 그 자체인 주제에 가장 무법적이지. 전혀 효율적으로 행동하지 않고 감정에 따라, 그리고 욕망에 따라 행동한다네. 피조물들의 앞에 직접 강림하여 '옳은' 이야기를 강조하고는 정작 자신들의 보금자리로 돌아가서 온갖 추태를 다 부리지."

그는 올림포스 측의 대기석 쪽을 손으로 가리켰다.

"저자들이 그 훌륭한 예야. 온갖 말썽의 씨앗을 자신들이 다 퍼트려놓고는 하수인들을 만들어 그 뒷정리를 시켰지. 누구 하나를 파멸시켜서 일이 끝나는 경우라면 다행이지만 수천, 수만의 피조물이 죽음을 강요당해야 하는 대전쟁도 고작 자존심을 세우겠다며 아무렇지 않게 일으키곤 했지."

프라임의 가면 밖으로 웃음소리가 났다.

"후후, 그래놓고는 우리의 존재를 알자마자 당장 무릎을 꿇고 가축이 되기를 자청했다네. 아폴론은 특히 더 했지. 비숍 계급 중에 한 명이 협박조로 요구를 하니 자신의 동포 절반을 대리석 가루로 만들어 그 비숍에게 바쳤네."

"……"

"재미있는 것은 아폴론이 조달한 대리석 가루의 양이 요구한 것에 비해 지나치게 많아서 그중 대부분을 버렸다는 점이지. 대리석이 아니라 밀가루였다면 과자라도 만들 수 있었을 텐데 말일세."

렘런트 상태에서 벗어난 올림포스의 신들이 대리석을 통해 자신들의 육체를 구성하고 유지했다는 정보를 미리 들어서 알고 있던 리오는 쓴웃음을 지었다.

하지만 거기까지였다.

놀라운 속도로 냉정을 되찾은 리오는 프라임과의 머리싸움을 시작했다.

"지금 내 앞에서 신을 무시하는 이유가 뭐지?"

리오가 묻자 프라임은 아주 작은 웃음소리를 냈다.

"아까 말했듯이 자네의 생각을 읽을 수 없기 때문이라네. 그래서 대화라는 원시적인 수단을 통해 교감을 하려는 것이네."

프라임 치고는 평범한 대답이었다.

"교감? 흠, 난 남자에겐 관심없는데?"

"하, 자네는 남자뿐만 아니라 신도 아주 싫어하는 것 같더군."

리오는 '싫어하면 어쩔 것이냐'라는 질문을 꺼내려다 말았다.

여기서 조금만 자제를 하면 생각지도 못한 비밀을 알 수 있을지도 모른다고 직감했기 때문이다.

"처음에 난 아주 훌륭한 하수인이었어."

리오가 말했다.

"정말 신났지. 사람들을 괴롭히는 존재들을 물리치고 그들을 구하는 영웅적인 임무만 맡았거든."

"흠."

프라임은 어린 학생의 상담을 듣는 교사처럼 천천히 끄덕였다.

"그런데 뒤로 갈수록 그게 아니었어. 난 쉴 틈 없이 움직여야만 했지. 난 시간이 지나면 지날수록 강해졌고 그 강력함에 비례해서 임무의 난이도는 높아졌어. 도중에 죽어버리거나 임무 자체를 실패하는 일도 수없이 겪었지."

리오의 눈매가 차츰 매서워졌다.

"임무는 아예 엽기적으로 변했어. 예를 들어볼까? 어떤 신이 인간과 정을 통하여 반신반인의 존재들을 만들었고, 그 후손들은 결국 도시 규모의 국가를 세웠지. 무려 2,600년 동안이나 신계의 눈을 피했더군."

"호오."

프라임은 그 이야기에 강한 흥미를 느꼈다.

그는 하이볼크의 신계가 갖고 있는 대부분의 역사를 머

릿속에 넣고 있었다.

그러나 방금 리오가 말한 일은 그가 알고 있는 역사에 존재하지 않았다.

프라임이 알고 있는 하이볼크 신계의 역사는 단순히 첩자를 통해 얻은 것만이 아니었다. 하이볼크가 지배하는 모든 세계를 밤하늘의 별처럼 직접 내려다봐서 얻은 것들이었다.

역대 서룡족 제왕들의 잠버릇 같은 개인적인 일조차 알고 있는 그가 반신반인이 만든 도시국가처럼 큰 사건을 모른다는 것은 그냥 넘길 수 있는 일이 아니었다.

'기억 조작은 아니로군.'

프라임이 그렇게 판단한 근거는 리오의 동공 및 안면 근육의 움직임, 혈액이 흐르는 속도, 뇌파의 흐름, 음성에 섞인 감정의 수준, 그리고 육체가 붕괴되기 직전에 몰린 상황에도 불구하고 거침없이 말을 내뱉는 그의 태도였다.

큰 비밀에 접근했음을 느낀 프라임은 일단 리오의 말을 계속 들어보기로 했다.

"나에게 내려진 명령은 그 도시국가의 멸망이었어. 아주 간단한 일인 줄 알았는데 그렇지 않았지. 왜냐고? 섬멸 기술로 국가를 한꺼번에 날려 버리지 말고 오로지 검으로만 국민들을 참수하라고 한 거야. 남녀노소, 모조리."

"자부심이 느껴지는군."

"내 생에 가장 기쁜 순간이었거든."

리오의 눈에 붉은 빛깔이 얼핏 감돌았다.

"내가 일을 마치자마자 사건의 발단이었던 신이 자격을 박탈당한 채 내 앞에 끌려왔지. 그 신, 아니, 계집은 내가 쌓아놓은 자기 자손들의 머리들을 보고 울부짖었어. 그래놓고 나에게 묻더군. 수백만 명을 죽인 것은 이해하겠는데 왜 갓난아이까지 죽였냐고 말이야."

"후후, 그런 족속이지."

프라임은 비웃음으로 리오의 감정에 동의했다.

"그래서, 그 여신을 죽였나?"

"그 계집의 표정을 보니 피로가 싹 가시더군. 며칠이 새도록 가지고 놀았어. 신을 함부로 대할 수 없었던 나에게는 흔치 않은 기회였으니까."

"결국엔 소멸시켰나?"

"훗."

리오는 눈을 감고 웃었다.

"반신반인은 시체가 썩지 않더군. 살아만 있게 해놓은 상태로 그 신을 시체 속에 파묻었지."

"아쉽군."

리오는 거짓말을 했고 프라임은 그가 거짓말을 했다는

사실을 눈치챘다.

프라임은 신이 죽은 장소에 어떤 일이 발생하는지 잘 알고 있었다.

신, 혹은 신이었던 존재가 어떤 규모 이상의 특별한 소멸 기술이 아니라 단순히 무기에 맞아 죽었다면 시체가 있는 자리에는 반감기가 무려 수천만 년에 달하는 강력한 '오염 물질', 즉 낙진이 남겨진다.

그 신이 어떤 신이냐에 따라서 낙진은 주변, 혹은 행성 전체를 오염시켜 죽음을 불러일으키기도 하고 과도한 생명 활성화를 일으키기도 한다.

어느 쪽이든 일반 생명체에겐 도움이 안 되며 결국 행성은 빠르게 폐허가 된다.

하지만 살아 있다면 낙진은 발생하지 않는다. 신이 스스로 자신의 활동을 정지시켜도 마찬가지다.

사실 리오는 그 신을 처참하게 해체시켰다.

그가 솔직하게 말했다면 프라임을 비롯한 쉬프터들은 낙진의 흔적을 찾으려 할 것이고, 그로 인해 하이볼크가 보호하려 하는 '진짜 세계'의 위치가 발각될 수도 있었다.

그 거짓말이 어설펐다면 모를까, 심적 의심만을 불러일으킬 만큼 깔끔했기에 프라임은 별말을 하지 않았다.

오히려 상대에게 큰 매력을 느꼈다.

"내 일은 그에 끝나지 않았어. 그와 비슷한 사냥을 수백 년 넘도록 쉬지 않고 했지."

프라임에게 있어서 수백 년이라는 숫자는 아주 미약했다. 그러나 그는 피조물들의 체감 단위조차도 그들의 입장에서 자만 없이 분석할 수 있었다.

"이른바 민간인이라 불리는 저등급 피조물들의 무차별 학살, 고문, 혹은 과거에 신이었거나 신에 준하는 고등생명체의 파멸을 반복했다는 말이로군. 쉴 틈 없이."

프라임이 뒤에 이어질 리오의 말을 대신했다.

"과연, 신을 증오할 자격이 있어."

더불어 그를 칭찬했다.

"방금 아주 흥미로운 힘을 쓰더군. 우리가 사용하는 힘과 동일한 것이던데… 자네가 어째서 그 힘을 사용할 수 있게 되었는지 설명해 준다면 자네가 공식적으로 접촉조차 하지 못한 킹 클래스와 퀸 클래스를 어찌 아는지는 묻지 않겠네."

"너그러우시군."

"침략자가 아니니까."

나무의 입장에서, 가지치기를 하기 위해 도구를 들이미는 농부를 과연 침략자가 아니라고 할 수 있을까?

'이런, 진정해야지.'

위의 말을 입에 담에 쏘아 붙이려던 리오는 여기서 자신이 어떤 카드를 내야 하는지 다시 생각해 봤다.

그와 오딘의 카드놀이는 서로의 정신을 읽지 않는다는 규정하에 이루어진다. 하나 능력만 사용하지 않을 뿐, 심리전은 일반 생명체들이 상상할 수 없을 만큼 치열했다.

놀랍게도, 승률은 리오가 더 높았다.

그는 오딘과의 그 게임을 떠올리며 자신이 내놓을 수 있는 카드 중에 하나를 뒤집었다.

"악마라고 하나?"

리오가 먼저 말을 꺼냈다.

"태초의 어둠. 그게 너희들의 본질이잖아?"

"……."

"관리하는 신계가 바뀔 때마다 너희들은 이름을 바꾸는 습관이 있지. 아스가르드 때는 아스가르드의 언어로, 올림포스 때는 올림포스의 언어로, 그리고 이 세계에는 이 세계의 언어로. 이유는 단순해. 너희들을 어둠으로 존재케 하는 세상의 빛이 바뀌기 때문이야."

"흠. 계속해 보게."

프라임의 가면에서 빛이 새어 나왔다. 리오는 그 빛의 흐름이 꼭 미소처럼 보였다.

"항상 궁금했던 게 있어. 왜 천사가 천사로 불리고, 악마가 악마로 불리게 됐을까? 아스가르드 시절에는 왜 신이 신이라 불렸고 마족이 마족이라 불렸을까? 이유는 바로 네놈들이야. 태초의 어둠. 태초의 악마. 바로 너희들이 농장 관리를 더 쉽게 하게끔 분류한 것이지. 가지치기와 같은 '개입'을 해서 말이야."

그것은 도박이었다.

자신이 훈련과 함께 얻은 '정보'들 가운데 가장 큰 것을 내민 리오는 힘의 끝자락이 어디인지조차 느껴지지 않는 상대의 반응을 주시했다.

'잘못되면 어때? 난 죽고, 세상은 멸망할 뿐이야.'

그 배짱이 그의 표정과 심장, 그리고 두뇌를 차갑게 유지시켜 주었다.

"후후후, 하하하."

이윽고, 프라임이 느긋하게 웃었다.

"마음에 드는군."

프라임의 가면에서 흘러나오는 빛이 확 가셨다.

"본질을 알았기에 우리의 흉내를 낼 수 있었다고? 오해가 있군."

"오해?"

"리오 스나이퍼여. 고양이에 줄무늬를 그리면 다 호랑이가 되는 줄 아나?"

"……"

"직접적으로 말하지."

프라임이 일어났다. 단지 허상이 일어났을 뿐이지만 리오는 자신의 뼈마디가 모두 압착되어 무너지는 느낌을 받았다.

"자네의 증오심을 풀어낼 기회를 주겠네."

그 말에 리오가 발끈했다.

"뭘 안다고 지껄이는 거지?"

"하이볼크 말일세. 원래의 성별은 여성이었지. 천년, 만년, 수억 년 동안 그 회색의 존재를 능욕하고 싶지 않나?"

"……"

"절대불패의 힘을 주지."

프라임의 오른손에 붉은색의 가면이 떠올랐다.

"킹 클래스로의 진입을 환영하네. 젊은 동포여."

리오의 시선이 쏠린 붉은 가면의 뒤로, 프라임의 가면에서 쏟아져 나오는 황금색의 빛이 찬란하게 빛났다.

프라임의 표정은 가면에 가려져 보이지 않았다. 가면 안에 정말 '얼굴' 이라고 할 만한 부분이 있는지조차 리오는 알 수 없었다.

하지만 리오는 개의치 않았다. 그 황금색 빛을 미소라고 단정 지었기 때문이다.

그것도 매우 질이 나쁜, 리오가 특히나 싫어하는 거만한 미소였다.

그는 프라임과의 머리싸움을 시작했을 때와 마찬가지로 감정을 숨긴 채 정신을 집중했다.

'킹 클래스로의 진입이라고?'

리오는 프라임이 들이민 가면을 보며 잠시 과거를 떠올렸다.

쉬프터에 대항하기 위한 훈련을 할 때, 리오는 지크와 함께 아주 사소한 의문을 가진 일이 있었다.

만약 쉬프터가 생물이라고 가정했을 때, 과연 그들은 번식을 어떤 방식으로 하는 것일까?

리오는 정신생명체이기 때문에 선신계 천사와 마찬가지로 '분열'에 가까운 자기복제를 통해 번식을 할 것이라 예상했다.

반면 지크는 일반 생명체와 마찬가지의 생식 과정을 거칠 것이라 주장했다.

하지만 지금, 리오는 자신과 지크 모두 틀렸을지도 모른다고 판단했다.

'지금 느낀 게 옳다면… 뭔가 알 것 같군.'

그는 예상의 '틀림'에 대한 자책감이나 절망감 따위는 전혀 느끼지 못했다. 틀렸다고 해서 그것이 꼭 패배로 직결

되지는 않음을 알기 때문이다.

리오는 일반인이 헤아릴 수 없는 횟수만큼 그것을 경험했다.

지금은 오히려 그 절벽의 끝자락에서 자신의 등줄기를 때리는 찬바람을 시원하게 즐기는 쪽이었다.

그는 오딘과의 도박 승부에서 지금과 같은 느낌을 몇 번이나 받았다.

초고도의 연산 능력을 자랑하는 존재와의 승부는 항상 박빙이었다.

다음 카드가 나올 확률을 알아차리는 오딘의 기술은 특별한 능력을 사용하지 않고도 예언에 가까운 수준이었다.

좋은 카드를 가지고도 과감하게 승부를 포기하거나 나쁜 카드로 심리전을 거는 능력 역시 초월적인 수준이었다.

신이니까, 그것도 창조즈급의 신이니 당연한 것이지만 리오는 그 승부를 즐겼다. 그리고 앞서 설명했듯이 승률은 그가 더 높았다.

리오는 프라임이 자신을 향해 내민 카드를 정신의 끝자락으로 만지작거렸다.

그는 육체만이 아니라 정신까지도 프라임에게 압도당하여 위험한 상황이었다.

그런 그를 버티게 하는 것은 단 하나, 증오심이었다.

'이놈은 처음부터 날 죽일 생각이 없었어.'

그는 프라임이 등장할 때부터 현재까지의 그 짧은 상황을 분석해 봤다.

'주변의 시간이 정지되어 있군.'

그가 알기로 현재 쉬프터들의 시간 조작 기술에 면역을 갖춘 자는 자신과 고글을 쓴 지크, 키르히 펙터, 그리고 하이엘바인이었다. 그들과 달리 피엘과 제타는 불확실했다.

그런데 면역을 갖췄다는 자들까지 벽에 걸린 그림처럼 정지되어 있었다. 올림포스 측 신들도, 경기장의 좌석을 채운 원령들도 마찬가지였다.

'이건 단순한 시간 조작이 아니야.'

그는 오딘에게 배웠던 것들을 되짚어봤다.

'그렇군. 연산 정지……!'

연산 정지는 말만 간단할 뿐, 오딘이 시간을 거꾸로 돌린 것과 완전히 대치되는 초고도의 기술이었다.

어떻게든 흘러가는 개념인 시간을 역산하여 뒤집는 것, 그리고 오로지 힘으로 그 흐름을 강압하는 것.

두 가지 모두 그저 그런 싸구려 신들로는 불가능한 일이었다.

'이 정도로 강력한 녀석이라면 날 위험인물로 생각할 리가 없어. 녀석에게 있어서 난 단순한 흥밋거리일 뿐이야.'

리오는 다시 어금니를 물었다.

'아마도 녀석은 내가 킹이니, 퀸이니 하는 것들조차 이기지 못한다는 사실도 모르겠지. 알아봤자 내 이름 정도?'

그는 앞에서 붉게 빛나는 킹 클래스의 가면을 봤다.

정신이 빨려 들어가는 느낌이 들었다. 그냥 손만 뻗으면 모든 게 끝날 것 같았다.

리오는 모든 것을 필사적으로 억누르며 생각을 계속했다.

'이름조차 몰라도 상관없겠지. 내가 가진 파괴 기술을 총동원해 봤자 녀석의 근처도 가지 못할 테니까.'

그는 왼손의 엄지와 검지로 콧등을 짚었다. 후각은 물론 촉각까지 마비되어 아무것도 느껴지지 않았다.

리오는 손을 내렸다.

그리고 웃었다.

"그 가면의 값어치가 그렇게 비싼가?"

리오의 질문에 프라임의 가면 밖으로 웃음소리가 났다.

"아까 내가 한 말을 잊었나 보군. 이것만 있으면 하이볼크의 목에 개목걸이를 채울 수 있을 뿐만 아니라 네 발로 기어 다니게 할 수 있다네."

"난 그 엉덩이를 보며 실컷 웃을 수 있겠군."

"웃어도 되고 웃는 것 이상의 행동을 해도 되네. 자네의 자유지."

"그래? 정말 킹이 되면 그렇다 이건가?"

"그렇다네."

"후후, 생각해 보니 웃기는군."

한 번 활짝 웃은 리오가 갑자기 정색을 했다.

그의 두 눈에서 헬리오스를 사냥할 때와 마찬가지로 증오의 붉은 빛이 흘러나왔다.

"정말 웃겨. 쉬프터의 우두머리 바로 아래에 있다는 자가 증오의 개념조차 파악을 못하다니 말이야."

"......."

프라임의 가면에서 나오는 빛이 멈췄다. 그것은 약간의 불쾌감이었다.

리오가 말을 이었다.

"네 말대로 난 하이볼크를 증오해. 그 잡스러운 놈을 붙잡아 겁으로 도살하는 꿈을 매일같이 꾸지."

이어서 리오의 몸으로부터 검은색의 연기가 피어올랐다.

그가 계단 하나를 올라갔다. 프라임은 자신의 환영이 뿜어내는 압력을 알면서도 시행하는 상대의 무모함에 의아했지만 힘을 유지한 채 잠자코 지켜봤다.

"놈에게 물어보고 싶어질 때가 종종 있었어. 앞으로 몇 놈이나 잡아 죽여야 이 미친 짓에서 해방되는지 말이야."

"……."

그가 한 계단을 더 올라갔다.

"킹 클래스가 되라고? 그러면 확실히 편리하겠지."

그는 계속해서 계단을 올랐다. 검은색의 연기 속에서 육체가 부서지는 소리와 불꽃이 마구잡이로 튀었다.

하지만 리오는 개의치 않았다.

현재, 그에게 있어서 가장 값어치가 없는 것은 자기 자신의 목숨이었다. 그러니 프라임의 압력에 의한 붕괴의 공포도 존재하지 않았다.

"하지만 편하게 해결될 일 따위에 생겨나는 것이 증오라고 생각하나? 그게 그렇게 웃기는 거라고 생각하나 보지?"

"……."

"죽어도 못 잊는 일, 눈만 감아도 떠오르는 일, 갑자기 머릿속에 떠올라서는 자신도 모르게 혼잣말을 하게끔 하는 일. 그게 바로 증오야."

"그래? 그렇게 생각하다니, 생각보다 그릇이 좁군."

"분명 좁아. 하지만 난 자부해. 그 좁음이 내가 나로서 살아 있다는 증거거든."

"……."

"내 증오는 내가 풀어."

프라임의 하얀 모습과 리오의 검은색 모습이 폭발하듯

대치했다.

"단지 킹으로서, 자신을 잃은 놈으로서 풀 생각은 전혀 없어."

프라임의 가면 사이에서 다시 빛이 흘러나왔다.

"자네는 결과를 중요시하는 존재인 줄 알았는데?"

"물론 중요시하지. 특히 내가 만든 결과를 말이야."

"흠."

프라임의 손에서 킹의 붉은 가면이 사라졌다.

"증오였다고 생각했는데, 내가 아주 큰 실수를 한 것 같군. 이제 보니 그저 극도로 강인한 '의지'였어."

프라임의 가면 밖으로 한숨이 나왔다.

"어쨌거나 결단코 우리와 싸우겠다는 말로 들리네만?"

"오, 아니야."

리오가 프라임의 바로 앞까지 올라섰다.

"이길 거다."

어느새 튀어나온 보라색의 대검이 프라임의 허상을 꿰뚫었다.

디바이너와 프라임의 허상 사이에서 강렬한 힘의 충돌이 일어났다. 그 충돌에 프라임의 허상이 약간 흔들렸다.

"자네와 나의 격차를 느꼈을 텐데?"

"격차? 너무 자주 느낀 거라서 말이야."

리오가 도발하듯 고개를 옆으로 한 번 까딱했다.

"후후."

웃음소리와 함께 프라임의 허상이 점차 희미해져 갔다.

"그렇다면 즐겁게 기다리겠네. 자네가 다시금 내 앞에 도달할 때까지 말일세."

리오도 자신의 검은색 연기 속에서 웃었다.

"검에 아무 감촉이 없는 게 아쉽군."

"그렇겠지. 육체의 감각이 거의 파괴됐을 테니까."

"……."

리오의 육체는 붕괴 직전에서 멈춰 있었다. 프라임의 허상이 때맞춰 힘을 빼준 덕이었다.

"잘 알겠네, 리오 스나이퍼. 자네의, 아니, 자네들의 행동을 응원해 주겠네."

"응원?"

"두고 보면 알게 될 것이네. 후후, 후후후후……."

프라임의 허상이 사라졌다.

그가 힘으로 억누르던 시간이 다시 흘러갔다.

빠르게 디바이너를 거둔 리오는 온몸의 혈액이 다리 밑으로 쏠리는 느낌을 받았다.

"……."

그는 자신의 심장 위를 손으로 쳤다. 멈출 뻔했던 심장이 그 충격에 다시 뛰었다.

'죽는 건 익숙해. 하지만 지금은 죽으면 안 돼.'

그는 터벅터벅 대기석으로 돌아갔다.

'난 할 일이 있어. 그 할 일은 놈들을 이기는 거야.'

하마터면 계단 위로 쓰러질 뻔한 그는 손으로 계단의 모서리를 짚어 추태를 겨우 면했다.

그의 강력함에 여전히 전율하던 올림포스의 원령들이 관중석에서 술렁거렸다.

재생 능력의 우선권은 감각 기관이었다. 청각, 후각 등이 돌아오면서 그들의 웅성임이 리오의 귀에 들렸다.

하지만 들리기만 할 뿐, 의식에 닿지는 않았다.

'물론 이긴다는 보장은 없어. 놈의 말대로 격차가 너무 크거든.'

다시 몸을 추스른 그는 대기석의 문을 열었다.

대기석 안에 있던 모두는 뜬금없이 넝마가 되어 돌아온 리오의 모습에 경악을 금치 못했다.

'강적……. 항상 마주했고 해결책에 머리가 아팠지.'

리오는 흐릿한 눈으로 자리를 찾아 걸어갔다.

'하지만 답은 언제나 뻔했어. 어떤 강적이 됐든 이기기 위해서는 싸워야 해. 너무 당연하지.'

하이볼크에게 선택된 직후부터 지금까지, 그가 겪어온

수많은 전투가 그의 머릿속에 떠올랐다.

'내가 여태까지 몇 번이나 싸웠더라?'

그는 자신도 모르게 웃었다.

'뭐, 도망친 적은 없지. 된 거야, 그러면.'

정신없이 걸어가는 그를 바라보던 하이엘바인이 리오의 그 미소에서 느낀 불길함에 걱정이 들어 일어났다.

"이보게, 괜찮은가?"

그와 동시에 리오의 붉은 장발이 그녀의 은발과 뒤엉켰다.

"윽!"

엉겁결에 그와 겹쳐 쓰러진 하이엘바인은 온몸에 전해지는 그의 체온에 놀라 버둥거렸다.

"이, 이게 무슨 망측한 짓인가!"

"흠, 진짜 처녀로군."

리오의 그 한마디에 하이엘바인의 얼굴뿐만 아니라 몸의 피부 전체가 수치심으로 붉어졌다.

그녀의 버둥거림이 갑자기 멈췄다.

'아……?'

하이엘바인은 둥그렇게 뜬 눈으로 대기석의 천장을 봤다.

그녀가 신경을 덜 쓰도록 없는 정신에 농담을 던졌던 리오는 인형처럼 멍해진 그녀의 모습에 흠칫했다.

'그냥 넋이 나간 게 아닌데?'

리오는 그녀에게 뭔가 이상이 있음을 직감하고 바로 일어나려 했다.

하지만 팔이 말을 듣지 않았다. 프라임의 허상이 남긴 붕괴의 여파는 그만큼 강했다.

"어이, 왜 그래!"

지크가 고글을 급히 올리고 달려들어 리오를 부축했다.

리오를 잡는 순간 지크는 깜짝 놀랐다. 리오의 몸이 일반인 이하의 수준으로 무너져 있었기 때문이다.

그의 육체와 정신이 어떤 이유로 인해 붕괴할 뻔했다는 사실을 확인한 지크는 헬리오스를 여유롭게 이긴 방금 전의 상황과 지금의 상황 사이에 놓인 괴리감에 당황했다.

"선생!"

결국 키르히까지 달려들어 리오를 부축했다.

"호들갑떨지 마."

리오가 희미하게 말했다.

목소리는 분명 죽어가는 사람의 것이었다.

그러나 무게감은 확실했기에 대기석의 분위기가 조금이나마 차분해졌다.

둘의 부축을 받아 일어난 리오는 아직까지도 누워 있는

하이엘바인에게서 시선을 돌리며 자리에 앉았다.

'괜한 걸 들춰졌군.'

피엘이 서둘러 하이엘바인에게 다가갔다.

"괜찮으신가요, 하이엘바인님?"

그녀의 안부를 물은 피엘은 하이엘바인의 표정을 보고 흠칫했다.

얼굴 위까지 흐트러진 은발 사이에 하이엘바인의 눈물이 배여 묶여 있었다.

"하이엘바인님?"

물기가 가득한 하이엘바인의 눈동자는 파란색과 황금색 사이에 놓여 있었다.

피엘은 하이엘바인의 어깨를 왼팔로 감싸 안아 일으킨 후 오른손으로는 그녀의 머리카락을 정돈해 주었다.

"어딘가 문제가 있으신가요?"

하이엘바인은 대답 없이 다시 파란색으로 돌아온 눈으로 리오의 뒷모습을 봤다.

눈물이 하염없이 흘러내렸다. 피엘은 대체 그녀가 왜 그러는지 이해할 수 없어 답답했다.

하나 감이 잡히는 부분은 있었다.

비록 온몸이 아리스톤으로 변해 버렸지만 그녀가 가진 여성으로서의 직감은 여전히 살아 있었다.

'후회? 아니, 충격……?'

피엘은 하이엘바인이 그런 상태에 빠져 있다고 느꼈다.

'현재 상태의 저 남자라면 누구라도 근거리에서 기억을 읽어낼 수 있어.'

그녀는 지쳐 있는 리오와 하이엘바인을 연이어 봤다.

'충격을 받으실 만도 하겠지.'

그녀는 방금 전 간단하게 세운 가설에 따라 하이엘바인의 마음을 이해해 보기로 했다.

'나도… 고작 1,000년짜리 소모품에 불과했던 저 남자가 여기까지 올 줄은 생각도 못했으니까.'

뒷자리에서 상황을 지켜보던 제타는 시험 삼아 리오의 상태를 초감각으로 확인해 봤다.

'정신방벽까지 무너졌군. 대체 누굴 만난 거지?'

그녀는 뒤이어 하이엘바인을 봤다.

'그래서 아까의 접촉으로 본의 아니게 기억을 읽었나 보군.'

그래도 제타는 피엘과 마찬가지로 이해가 안 갔다.

단순히 기억을 읽었을 뿐인데 왜 눈물까지 줄줄 흘리는지 가늠이 되지 않아 화까지 났다.

리오는 물을 한 병 마신 후 고개를 숙인 채 호흡을 조절했다.

'목숨은 건졌군.'

그는 하늘을 살폈다.

"좀 있으면 해가 지겠는데?"

"또 무슨 헛소리야?"

지크가 묻자 리오가 바짝 마른 입술을 움직여 웃었다.

"제타."

리오의 부름에 제타의 작은 몸이 움찔했다.

"질문이 있나, 두목?"

"올림픽이라고, 올림포스의 유희가 있었지?"

"그렇다네."

"그 유희는 해가 떨어지면 태양신 아폴론에 대한 존중을 위해 모든 시합이 중단되고 다음날로 이어지는 규칙이 있다고 들었는데, 맞나?"

제타는 인상을 찡그렸다.

"맞네만?"

"그럼 이번에도 해가 지면 경기는 중단될 거야. 저 유치한 놈들의 성향상 그렇겠지."

"단정 지을 수는 없네. 자전을 멈춰서라도 유지하려 할 수도 있네."

제타가 조금 무리수를 두어 그리 말한 이유는 리오의 상태 때문이었다.

리오가 갑자기 이상해졌다는 사실을 올림포스 쪽에서 모를 리가 없었다.

잠깐이었지만 아폴론을 압박하고 헬리오스를 처참히 능멸하여 살해한 리오의 전투 능력을 되새겨 봤을 때, 올림포스는 리오가 나오지 못하는 지금의 틈을 최대한 이용하려 할 수도 있었다.

하지만 리오는 다시 웃었다.

"저놈들이 그렇게 필사적일 것 같아? 행성의 자전을 멈추느니 지금 당장 나를 쳐 죽이는 게 빠르고 경제적이지 않을까?"

그는 물병을 들었다.

병을 든 그의 손과 팔이 겨울바람을 맞은 가지처럼 파르르 떨렸다.

"난 지금 누가 옆에서 돌을 던져도 피할 수가 없어."

"음……."

제타는 부정하지 않았다. 그냥 그의 직감을 믿기로 했다.

"대충 봐서 두 경기, 아니, 세 경기 정도는 할 수 있겠군."

중얼거린 리오는 옆으로 손을 뻗어 지크의 고글을 직접 내렸다.

"남은 시간은 네가 해결하도록 해."

"내가?"

지크는 조금 뒤틀려 눈에 씌워진 고글과 그 사이에 낀 자신의 앞머리를 황급히 정돈했다.

제대로 씌워진 고글의 바깥으로 피로감에 의해 연하게 웃고 있는 리오의 모습이 보였다.

"지금의 너라면 할 수 있잖아?"

리오는 검지를 들고는 머리 옆에서 빙글빙글 돌렸다.

하늘을 휘젓듯이.

"이 별의 천공도 네 편일 거야."

"흠."

지크의 표정이 진정되었다.

리오의 눈빛이 다시 진지해졌다.

"명심해. 이제 비장의 카드 따위는 없어."

"왜?"

"일단 나부터 다 들켰거든."

들켰다는 말에 지크와 피엘이 서로를 봤다.

"설마, 너……?"

자신들이 모르는 사이에 쉬프터가 개입했다. 피엘은 그렇게 직감했다.

'하지만 자료상의 킹이나 퀸으로는 우리가 모르는 사이에 **개입**하여 저 남자를 저렇게 만들 수는 없어. 그럼 대체

어떤 존재지?'

주신계를 단독으로 전멸시키다시피 한 존재, 킹 클래스는 피엘에게 있어서 지울 수 없는 두려움이었다.

그러나 킹 이상의 무언가가 정말로 존재한다면 이야기는 한참 달라지고 만다.

이미 두려움이라는 개념마저 초월해 버릴 존재임이 분명하기 때문이다.

"상대가 기다리는군."

리오가 말했다.

지크는 경기장을 봤다.

은으로 짠 듯한 로브를 걸친 존재가 두 손을 모은 채 경기장 한가운데로 걸어 나오고 있었다.

"저놈도 신인가?"

"신은 아닐세. 원래는 인간이었지."

제타가 설명했다.

"올림포스의 신들을 직접 보좌하며 신탁을 전하던 존재일세. 그 연결고리 역할을 위해 신의 권능에 가까운 힘을 가지고 있지. 일종의 강력한 마법사라고 할 수 있네."

"그렇다는군. 잘 놀아봐."

리오는 다시 물을 마셨다.

"그러지."

지크는 리오의 곁을 떠나 대기석을 나섰다.

나서는 도중에 리오를 보며 하염없이 우는 하이엘바인의 모습이 그의 눈에 들어왔다.

'뭐야, 또? 새로운 방식의 민폐인가?'

지크의 관심은 그것으로 그쳤다.

그는 처음부터 하이엘바인에게 모든 희망을 걸겠다는 마음 따위는 갖지 않았다.

그녀가 강력하다는 것은 알고 있었지만 지금까지의 감상은 실망뿐이었다.

'모르거든, 저 여자는.'

여기저기에 세월의 흔적이 새겨진 그의 검은색 가죽글러브가 소리가 날 정도로 꽉 쥐어졌다.

'난 두 명의 리오를 알고 있어.'

그는 계단을 조금 빠른 걸음으로 내려갔다.

'첫 번째 녀석은 정말 이야기 속의 주인공 같았지. 강하고 멍청할 뿐더러 그렇게 봉사활동을 잘 하는 녀석은 없었어. 너무 봉사를 잘 해서 여자들이 오해를 할 정도였으니까.'

경기장에 발을 디딘 그는 미리 자리를 잡고 있는 상대를 보며 자신의 자리로 향했다.

'두 번째… 저 녀석은 처음에 봤을 때 그냥 피에 굶주린

맹수라고 생각했어. 첫 번째인 내 형제와는 다르게 그냥 살인병기처럼 상대를 추적하고 격파하기 위해 온갖 수단을 다 쓰는 독한 놈이었거든.'

자리를 잡은 그는 주먹을 풀었다.

'그런데 최근에 와서야 녀석이 왜 저렇게 독해졌는지 알게 됐지. 듣기만 해도 미쳐 버릴 것 같은 상황들을, 그리고 그만큼 강력한 적들을 극복해 왔을 뿐이었어.'

그는 왜 그토록 죽어가면서까지 이기려고 애를 썼느냐며 질문한 적이 있었다.

그에 대한 리오의 대답은 이것이었다.

"사람들이 죽는 것보다 내가 죽는 게 더 경제적이거든."

다시 살아나니까.

하나 그렇게까지 해서 지켜왔던 그의 세계가 누군가가 저지른 사건으로 인해, 그리고 이미 계획된 결정에 의해 단한 순간에 백지로 변했다.

그런데도 그는 다시 맨 정신으로 일어나 검을 잡았다.

뿐만 아니라 이전까지와는 차원이 다른 적과 맞서려 하고 있었다.

무엇을 위해서일지 궁금할 만큼, 실로 광기에 가까운 의지였다.

'우리의 능력이 칼날이라면 의지는 칼자루야.'

그것은 지크가 여태껏 살아오면서 발견한 자신들의 존재이유 중에 아주 작은 한 가지였다.

'첫 번째 리오도, 두 번째 리오도 모두 각자의 의지를 갖고 있었어. 하지만 저 여자에게는 없지. 그저 강하기만 한 엉터리가 우리의 희망이라고?'

지크가 씩 웃었다. 아주 쓰디쓴 물을 마신 듯한 미소였다.

"엿 같잖아? 안 그래?"

그의 혼잣말에 상대방이 의아해했다.

머리를 깔끔하게 민 그 상대는 볼이 쏙 들어갈 만큼 마른 몸집의 남자였다.

피부는 약간 까무잡잡했고 눈은 컸으며 둥그런 형태였다. 왠지 귀여운 외모였으나 그 둥근 눈 속에서 도사리는 힘은 꽤나 강인했다.

"엿이 뭔지 모르겠지만 매우 안 좋게 들리는군요."

그가 자신의 혼잣말에 반응하자 지크는 어깨를 으쓱했다.

"신경 꺼."

"알겠습니다."

지크의 상대가 오른손을 들었다.

"어차피 신경 쓸 생각은 없었습니다. 당신은 곧 죽을 테니 말입니다."

대기석 안에 있던 키르히가 움찔하더니 난간을 붙잡고 하늘을 봤다.

"뭐야, 저건?"

하늘 속에 또 다른 빛이 있었다.

그것은 대기 속에서 몸을 불태우며 지크를 향해 무서운 속도로 돌진하고 있었다.

"운석 낙하로군."

제타가 말했다.

"저자는 신탁에 따라서 신의 미움을 산 도시를 제거하는 일을 해왔다네. 운석, 화산 폭발 등을 이용해 인간들을 벌했지."

"마법으로 따지자면 미티어(Meteor)로군."

중얼거린 리오가 고개를 저었다.

"상대가 나빴어."

자신있게 운석을 낙하시켰던 자의 표정이 점점 변했다.

지크의 머리 위에 떨어뜨릴 목적이었던 그 운석은 사실 이 경기장의 완파는 물론 행성의 생태계에도 영향을 끼칠 만큼 크기가 컸다.

경기장이 날아가는 것까지 각오한 것은 올림포스 신들의 가호를 믿은 것이다. 물론 올림포스 신들 역시 그에 대한 대비를 철저히 하고 있었다.

그러나 운석은 끝끝내 떨어지지 않았다.

겉을 불태우는 수준의 자연스러운 저항만을 해야 할 행성의 대기가 신들마저도 경악할 만한 수준의 밀도로 뭉쳐 운석을 막아내고 있었다.

지크의 주변에 깔린 대기에 전류가 쩌릿쩌릿 흘렀다.

"미안한데, 공놀이는 야구랑 농구밖에 몰라."

그의 오른손에서 일어난 바람이 한 자루의 도검으로 변했다.

그 감벽색의 칼날이 하늘을 가로질렀다.

공간이 단절되는 소리와 함께 하늘에서, 정확히는 성층권 바로 아래에서 정체되고 있던 거대 운석이 두 개로 갈라졌다.

그 운석들은 대기의 힘에 이끌려 경기장과는 전혀 상관없는 장소를 향해 날아가 떨어졌다.

상당히 먼 장소에, 그것도 꽤 느리게 떨어졌음에도 불구하고 그 충격은 경기장을 좌우에서 강렬하게 흔들었다.

흙먼지의 폭풍이 경기장 안까지 밀려 들어왔다.

노란색의 먼지 속에서 지크의 고글 안쪽이 파랗게 빛을

냈다.

"다음은 뭐지? 대답해 봐, 친구."

운석이 하늘에서 둘로 잘린 순간부터 전의를 상실한 지크의 상대는 3분이 넘도록 대답을 하지 못했다.

흙먼지가 올림포스 신들의 힘에 따라 빠르게 걷혔다.

거의 다 사라져 가는 흙먼지 속에서 둥그런 덩어리 하나가 올림포스의 대기석 안으로 날아와 안을 굴러다녔다.

그것은 운석을 떨어뜨린 장본인의 머리였다.

방금 지크가 보여준 능력에 대단히 놀란 키르히가 리오를 멍하니 봤다.

"말했잖아? 상대가 나빴다고."

답을 해준 리오는 물을 한 병 더 마셨다.

올림포스의 신들이 사용하는 대기석은 조용했다.

대기석 안에 굴러떨어진 머리는 어떤 신이 밟아 뭉개 이미 사라진 상태였다.

"운석 낙하를 저런 식으로 막다니, 저건 또 무슨 괴물이지?"

"제피로스와 노토스, 보레아스와 같은 바람의 신들이 힘을 합쳐도 저런 건 할 수 없네!"

"고작 바람이라고 생각하나? 저건 천공이야! 제우스님의 영역이라고!"

신들 사이에 결국 고성이 터졌다.

그때, 대기실의 문이 삐그덕거리며 열렸다.

"허허, 이 무슨 소란들인가?"

문을 열며 들어온 자는 왼쪽 다리에 강철 의족을 단, 볼품없는 몸매의 사내였다.

풍성하고 거친 수염과 쭈글쭈글한 피부는 그의 외모를 더욱 추하게 가꿔주었다.

그러나 그 누구도 그 사내를 무시하지 않았다. 몇몇 젊은 신들은 고개를 숙여 그에게 경외감을 드러냈다.

"헤파이스토스님."

아테나가 일어나 그를 맞이했다.

"으음, 수고하십니다. 아테나님."

그가 절뚝거리며 대기석 난간에 섰다.

"흠, 지크 스나이퍼라는 이름의 사내로군요."

"그렇습니다."

"저 남자가 방금 전에 천공을 움직여 운석을 막고 공간을 잘라 이 일을 벌인 것입니까?"

"말씀하신 그대로입니다."

"허허."

헤파이스토스가 웃었다.

"주변의 공기 전체에 전류가 저렇게 흐르다니, 제우스님의 분노를 경험한 이후 저렇게 위험한 모습은 처음 보는구려. 이 별의 천공까지도 저 남자와 친구가 됐고 말이오. 헬리오스 정도는 나서야 할 것 같은데, 어디 있소?"

그 이름에 모두가 입을 다물었다.

"설마, 죽었소?"

"예, 헤파이스토스님."

아테나가 대답했다.

"음, 그럼 어쩔 수 없구려."

그가 대기석 출입구 쪽으로 절뚝절뚝 움직였다.

"내가 해결해 보겠소."

CHAPTER 59
소년

태고의 영웅들을 혼자서 수차례 격퇴한 존재.

수억의 싸움꾼을 도살하고 그들의 시체로 발할라의 계곡을 가득 채운 무적의 전사.

아스가르드의 신족, 하이엘바인은 자신과 함께 발할라의 성으로 향하는 다리 위에 서 있는 붉은 피부의 소년을 잠시 동안 지켜봤다.

황색을 띄고 빛나는 소년의 눈동자는 인간과 분명 달랐지만 맑고 생기가 넘쳤다.

그녀와 소년의 만남은 이번이 세 번째였다.

첫 번째와 두 번째는 다른 이들과 함께 특공대로서 자신을 노렸으나 지금은 혼자 왔다.

"나와 겨루기 위해 온 것인가, 아니면 죽기 위해 온 것인가? 대답하라, 소년이여."

하이엘바인이 물었다.

붉은 피부의 소년은 이윽고 무릎을 꿇고 그녀에게 경의를 표했다.

"저에겐 이루고자 하는 꿈이 있습니다, 아스가르드의 하이엘바인이여."

"꿈? 무엇인가?"

소년은 고개를 들어 그녀를 봤다.

"왕이 되려 합니다!"

소년이 외쳤다.

"그러니 살아서 돌아갈 기회를 한 번만 더 주십시오!"

"네 번째 도전까지 내가 받아줄 것이라 생각하나?"

"지금의 저는 나약합니다. 검과 갑옷은 엉망이고 마음도 허물어졌습니다. 당신에게 도전할 의지조차 없습니다."

소년이 다시 고개를 숙였다.

"그러나 기회를 주신다면 모든 것을 정비하고 돌아오겠습니다. 그때는 제가 가진 목숨의 가치를 모두 담아 불사르겠습니다."

"그렇다면 자네는 결코 꿈을 이룰 수 없을 것이네."

"당신과 저의 격차는 알고 있습니다."

소년이 대답했다.

"그러나 이렇게 추한 몰골과 마음을 가진 채 꿈을 꺾을 수는 없습니다. 부디 더 좋은 자리를 마련해 주십시오, 하이엘바인님."

하이엘바인은 그 소년이 신기했다.

"하하."

그녀가 웃었다. 그리고 오른손에 든 흉기, 궁니르를 들어 자세를 풀었다.

"꿈을 이룬 자네의 모습을 꼭 보고 싶군."

고개를 반사적으로 번쩍 든 소년은 하이엘바인의 그 미소를 한참 동안 바라봤다.

"음? 왜 그러나?"

소년은 당신의 모습에 반했다고 도저히 말할 수 없었다.

"어서 가게. 그리고 준비하여 돌아오게."

붉은 피부의 소년은 몸을 추슬러 일어난 뒤 그녀를 뒤로 하고 발할라의 대교를 달렸다.

비록 꿈을 이루지 못하더라도, 저 여자에게 죽는다면 여한은 없을 것이다.

소년은 그렇게 마음을 다졌다.

　　　　　*　　　　*　　　　*

아테나가 일어나 헤파이스토스의 앞을 가로막았다.

"안됩니다. 신중하셔야 합니다, 헤파이스토스님."

"아테나님?"

헤파이스토스는 불쾌감 없이 걸음을 멈췄다.

그녀와 헤파이스토스는 신으로서 서열이 같다.

굳이 따지자면 남매였고 가족으로서의 서열은 헤파이스토스가 위였다.

하지만 헤파이스토스는 그녀를 동생으로 대하지 않았다.

자신보다 더 위대하고 가능성이 있는 신으로서 그녀를 존경하고 존중했다.

그것은 아폴론을 대할 때와는 또 다른 모습이었다.

"헤파이스토스님의 힘은 신뢰하고 있습니다. 그러나 저들의 힘은 미지수입니다. 이런 상황이라면 헤파이스토스님의 능력을 조금 더 조심스럽게 사용하는 것이 옳다고 봅니다."

"으음……."

"무엇보다, 저 남자는 헬리오스를 파멸시킨 자가 직접 지명하여 내려 보낸 자입니다."

"그렇습니까?"

헤파이스토스는 상대편 대기석을 봤다.

가장 눈에 띄는 자는 붉은 장발을 늘어뜨린 채 고개를 숙이고 있는 남자였다.

"흠, 저 남자……."

헤파이스토스의 시선을 느낀 리오가 고개를 들어 그와 시선을 맞췄다.

헤파이스토스는 그 순간 자신의 등골이 쪼개지는 느낌을 받았다.

"헬리오스가 저 남자에게 어떤 모습으로 죽었는지 조금 알겠군요. 이상할 정도입니다."

헤파이스토스는 자신도 모르게 한숨을 내쉬어 방금 느낀 공포감을 떨쳐 냈다.

그가 왜 그렇게 한숨을 내쉬었는지 직감적으로 느낀 아테나는 헤파이스토스와 마찬가지로 리오를 봤다.

지쳤지만 무서운 눈으로 헤파이스토스를 노려보던 리오가 반사적으로 그녀와 눈을 마주했다.

'몸은 지쳤지만 저 살기는 살아 있군.'

그녀는 리오를 보며 생각을 마무리 지었다.

'믿어지지 않아.'

청량감이 느껴지는 살기. 아테나는 관전자의 입장이 아

니라 대적한 자의 입장으로서 느낀 상대의 살기를 그렇게 밖에 표현할 수가 없었다.

상대는 헬리오스를 경기장 한가운데에서 고문하고 능멸한 뒤 광기를 폭발시키며 처참하게 박살 냈다.

그런데도 직접 마주친 살기는 놀라울 정도로 깨끗했다.

그것은 아테나에게 남아 있는, 현재 이 행성에 존재하는 모든 올림포스의 신 사이에서 가장 싱싱한 그녀의 신기(神氣)가 보장했다.

"아테나님?"

"아, 송구합니다."

아테나가 헤파이스토스에게 가볍게 사과했다.

"조금 전에 이상하다고 말씀하셨는데, 어떤 부분에서 그리 느끼셨습니까?"

"예, 아테나님."

헤파이스토스가 말했다.

"우리는 리오 스나이퍼, 지크 스나이퍼라는 자들의 이름을 알고 있습니다. 하이볼크가 만든 일곱 명의 수하에 속하지요."

"예, 헤파이스토스님. 주신계 직속 광역감찰부. 그들의 이름은 명계에서도 유명했지요."

아테나는 그들을 '그렇게' 알고 있었다.

헤파이스토스의 이야기가 이어졌다.

"하지만 듣던 것과는 너무 다르군요."

"어떤 점에서 말씀이십니까?"

"객관적인 전투력도 그렇고, 신을 앞에 두고 보여주는 저 패기도 그렇고, 게다가 저들을 감싸고 있는 시간이… 약간 어긋나 있는 것 같습니다."

그것은 아테나도 약간이나마 느끼고 있었다.

"시간의 어긋남은 당장 싸우기에 큰 지장은 없지만 당장 닥친 문제인 저 괴이한 전투 능력은… 정말 아테나님의 말씀대로 신중할 필요가 있겠습니다."

헤파이스토스가 자리에 앉았다.

"투사들을 내보내도록 하지요."

"일반 투사들을 말씀하시는 겁니까?"

"아, 물론 아닙니다. 헤라님의 곁을 지키는 자들을 부르 겠습니다."

"그렇다면 스파르탄을……! 하지만 허락을 받을 수 있을 지 의문입니다."

결정을 지은 그 대장장이 신은 하늘을 봤다.

"허락하실 수밖에 없을 겁니다. 저렇게 아름다운 꽃이 천 공에 피어났으니 말입니다."

떨어지는 운석을 받치기 위해 응집되었던 대기들이 마치

활짝 핀 하얀 색의 꽃처럼 뭉쳐 있었다.

그 모습은 아주 천천히 흩어지고 있었다.

*　　　*　　　*

"음."

프라임이 목소리를 내자 퀸들을 제외한 쉬프터 전원이
긴장했다.

"리오라는 자와 접촉을 하셨군요."

퀸 중에 한 명이 질문했다.

"그렇다네."

프라임이 보람찬 목소리로 답했다.

그가 허상을 통해, 시간을 억압시킨 상태로 리오와 만났
다는 사실을 전혀 몰랐던 하급의 쉬프터들은 프라임의 능
력에 경외감을 품었다.

"말씀해 주십시오, 프라임이시여. 그는 어떤 존재입니
까?"

"퀸이여. 그것을 왜 알고 싶나?"

자신이 없냐는 뜻이었다.

"저희들에게는 킹 클래스와 달리 절대불패의 힘이 없습
니다. 그러니 때로는 낮은 자세로 상대를 자세히 봐야 하지

않겠습니까?"

"좋은 태도로군."

프라임은 경기장 한가운데에 서 있는 지크를 가리켰다.

"그렇다면 기회를 한 번 주지. 지금 당장 저 남자의 머리를 뚫어보게."

"즉시 죽이라는 말씀이십니까?"

"힘을 이용한 관통만을 허락할 것이니 명심하게."

"알겠습니다, 프라임이시여."

퀸의 가면이 순간 밝게 빛났다.

동시에 지크의 오른발 앞에 손가락이 겨우 들어갈 만큼 작은 구멍이 뚫렸다.

몸을 순간 젖혀 그 무형무취의 저격을 피한 지크는 하늘을 응시한 뒤 다시 팔짱을 끼고 상대를 기다렸다.

"후후후."

프라임이 껄껄 웃었다.

퀸은 틀림없이 공격했고 지크는 그것을 아무렇지도 않게 피했다.

"하, 한 번 더 해보겠습니다!"

퀸이 당혹하여 힘을 다시 집중시켰다.

그러나 프라임이 손을 뻗어 퀸의 행동을 막았다.

"기회는 한 번뿐이라고 했네."

"……."

힘을 풀고 고개를 숙인 퀸은 치욕감에 두 손을 파르르 떨었다.

"퀸이여."

"예, 프라임이시여."

"지금 자네가 사용한 '저격'을 피할 수 있는 존재가 과연 이 우주에 얼마나 될까? 우리를 제외하고 말일세."

"없습니다."

퀸은 단언했다.

"프라임께서 분석하신 오딘의 능력이 사실이라면 그는 제외할 수 있습니다."

"그런데 저 남자는 왜 피할 수 있었을까? 오딘도 아닌데 말일세. 대답해 보게."

"……."

퀸은 대답하지 못했다.

그녀는 아예 생각할 것을 포기하고 프라임이 옳은 답을 내놓아주기를 기다렸다.

"서글프군."

프라임이 말했다.

"처벌은 달게 받겠습니다."

"자네를 잠시 룩 계급으로 강등시키겠네."

대답을 하지 못한 퀸은 그 자리에서 가면과 복장이 룩 계급의 일반적인 모습으로 변했다.

체형도 여성의 것에서 남성의 것으로 변했다.

룩 클래스가 된 그는 군말없이 프라임의 곁을 떠나 룩과 그 이하 계급이 앉아 있는 작은 의자에 앉았다.

그가 착석한 뒤 프라임이 말했다.

"퀸의 말대로 방금 퀸이 사용한 저격 능력은 공간과 공간의 거리, 그리고 그에 얽힌 모든 개념을 무시하고 목표의 실체와 법칙에 반드시 적중하는 정직한 기술일세. 어지간한 신은 꼼짝도 못하고 맞게 되어 있지. 그런데 저 남자는 반응을 하고 최소한의 움직임으로 피했네. 대단하지 않은가?"

"……."

프라임이 즐겁게 감탄했다.

"그렇다면 대책이 필요합니다."

남은 한 명의 퀸이 급한 목소리로 말했다.

"대책이라."

프라임이 웃었다.

"저 남자의 경기를 보며 천천히 생각해 보세. 리오 스나이퍼 이상으로 많은 것을 우리에게 보여줄 것 같군."

"알겠습니다, 프라임이시여."

한 명이 된 퀸을 포함한 모든 이들이 프라임에게 고개를 숙였다.

"프라임이시여."

퀸이 말했다.

"질문이 또 있나?"

"그렇습니다. 방금 전에 제 동포가 프라임께 감히 건네었던 질문입니다. 리오 스나이퍼라는 자는 프라임께서 직접 접촉하실 가치가 있는 존재였습니까?"

"물론일세. 게다가 그는 내 허상을 향해 정면으로 대항하여 검을 꽂았네."

모두가 놀랐다.

"그런데도 저렇게 멀쩡히 몸을 보존할 수 있었다니, 믿어지지 않습니다. 그만큼 강한 존재라는 말씀이십니까?"

"미지의 변수가 많더군."

프라임이 '미지의 변수'라는 용어를 사용하는 것은 쉬프터들 사이에서 거의 처음 있는 일에 가까웠다.

"저들은 우리들을 사냥하기 위해 훈련되어 있다네. 저자가 퀸의 저격을 피한 것도 그 훈련의 결과라고 볼 수 있지."

"훈련을… 말씀이십니까?"

"그렇다네."

"그런 일은 불가능에 가깝습니다. 저들은 공식적으로 킹

클래스나 퀸 클래스와는 접촉을 한 일이 없습니다. 대적할
수 있는 방법을 알 도리가 없습니다."

"누군가가 우리의 정보를 저들에게 건네주었다면 가능하
겠지."

프라임의 가면 속에서 웃음소리가 났다.

"재밌는 것이, 킹과 퀸 클래스는 알고 있어도 나는 모르
는 눈치더군. 오류인지, 아니면 저들의 상부가 의도적으로
나를 감춘 것인지는 잘 모르겠네만… 후자라면 나의 존재
여부 및 성분에 대해 너무나 잘 알고 있다는 뜻이 될 것일
세."

"……"

"자, 그만하세. 그와 관련한 일은 내가 고민할 테니 자네
들은 편한 마음으로 경기를 즐기게."

일단 응하긴 했으나 쉬프터들의 마음은 납덩어리가 들어
찬 것처럼 무거웠다.

*   *   *

퀸의 공격이 떨어져 움푹 꺼진 부분의 폭은 작은 깃발 하
나를 꽂을 수 있을 만큼 좁았다.

그러나 지크는 그 폭이 좁은 공격의 위력이 얼마나 강력

한지 잘 알고 있었다.

퀸과의 대결을 상정한 첫 훈련 이후 200여 년 동안은 그 공격에 그냥 뜬 눈으로 사망 판정을 당할 정도였다.

'덕분에 성층권에 떨어져 타버리는 별똥별의 개수를 행성 반대편의 것까지도 셀 수 있게 됐지.'

지금도 그는 그것들의 수를 느끼고 있었다.

지크는 신경쇠약에 걸릴 만큼 민감해진 자신의 감각을 진정시키듯 발로 모래흙을 차서 그 구멍을 정돈했다.

그가 이윽고 움직임을 멈추고 경기장 저편을 봤다.

신을 제외한 자들이 사용하는 출입구가 열리면서 수 명이 안쪽으로 들어왔다.

자주색의 전신갑옷을 착용한 다섯 명의 사내였다.

'인간인가?'

인간인지, 인간의 형태를 한 괴물인지 지크는 파악할 수 없었다.

상대방이 입은 그 전신갑옷이 안쪽의 정보를 거의 완벽에 가까울 정도로 차단하고 있었다.

그는 땅에 느껴지는 그들 다섯 명의 체중과 체격, 그리고 이 별에 적용되고 있는 중력 등을 계산하여 갑옷의 무게를 예측해 봤다.

'가볍지는 않군. 건장한 남자 두 명분의 무게야. 그런데

도 저 녀석들은 가볍게 움직이고 있어.'

보통 물건은 아닐 것이다.

그러면서 지크는 자신을 주시하는 또 다른 눈, 헤파이스토스를 보지 않고 의식했다.

'명계의 대장장이, 헤파이스토스. 오딘님과 마찬가지로 죽지 않고 지금까지 존재한 고대의 신. 그런 자가 만든 물건이니 쉽게 보면 안 되겠지.'

대기석 안에 가만히 앉아만 있던 제타가 그제야 일어났다.

"저들은 헤라의 경호원들이군. 스파르탄의 갑옷까지 입히다니, 헤파이스토스다운 준비야."

"헤라의 경호원이라면, 투사입니까?"

하이엘바인을 가까스로 진정시켜 자리에 앉혀놓던 피엘이 그 작은 소녀를 봤다.

"그렇다네. 저들은 혹독한 훈련을 받았고 충분한 실전 경험을 갖고 있네. 더불어 헤라의 축복까지 받았지."

제타는 '축복'이라고만 설명했을 뿐, 그것이 정확히 어떠한 축복이며 효과가 무엇인지 설명해 주지 않았다.

하지만 질문하는 사람도 없었다. 이곳은 이제 와서 신의 축복 따위에 신경 쓰는 자가 있을 만한 자리는 아니었다.

'모르는 게 낫겠지.'

사실 제타도 그렇게 심각하게 생각하진 않았다.

헤라의 축복이라는 것은 사실 축복의 혜택보다는 축복을 받는 의식의 문란함이 문제일 뿐이었다.

"경계해야 하는 것은 스파르탄의 갑옷일세. 일반인이 착용해도 수백만 명을 상대할 수 있는 힘을 주는 헤파이스토스의 걸작이지."

"그것으로 현재의 지크님께 해를 끼칠 수 있습니까?"

피엘이 다시 물었다.

"결과는 볼 필요도 없을 게야. 운석 낙하를 저런 방식으로 막아낸 자와 조금 좋은 갑옷을 걸친 자들이 싸워서 이변이 일어날 거라고 생각하나?"

"……."

"하지만 스파르탄 아머의 무서움은 그 이후에 드러날 것이네."

대기석의 소리는 바람을 타고 지크에게 전해졌다.

'뭔가 있다 이거군.'

없는 게 더 이상하지 않은가? 지크는 혼자 쓴웃음을 지었다.

다섯 명은 각각 다른 무기를 들고 있었다.

짧은 검, 작은 손도끼, 다루기 쉽도록 축소된 철퇴, 전투용 낫.

여기까지는 사용 반경이 짧은 무기들뿐이었으나 후열에 선 한 명이 철, 혹은 그 이상의 재질로 보이는 금속제 채찍을 들고 있었다.

공교롭게도 채찍을 든 자는 다섯 명의 투사 가운데 키가 가장 작고 몸도 바윗돌처럼 탄탄했다.

'신장을 보완하기 위한 계책은 아닌 것 같군.'

지크는 그들을 철저하게 조직적으로 싸우는 자들이라 판단했다.

그렇다고 해서 각각의 인물들의 약해 보이진 않았다.

키르히와 싸웠던 그 거인 투사보다 조금 약해 보일 뿐, 두 명 이상 협동해서 싸운다면 그 거인을 가뿐하게 요리하고도 남을 기세였다.

'뭐, 내 상대라면 이 정도는 돼야지.'

그들이 지크를 앞두고 자신들끼리 미리 약속된 자리에서 싸울 준비를 했다.

'시작해 볼까?'

마침 경기 시작을 알리는 해설자의 외침이 들렸다.

채찍을 든 투사가 날래게 손을 휘저었다.

그 말끔한 공격을 대기의 흐름으로 가볍게 쳐낸 지크는 어느새 자신의 사방을 둘러싼 다른 투사들을 감지했다.

깨끗한 금속음이 경기장 안에서 울렸다.

지크를 공격했던 네 명이 제각각 팔다리가 부러지고 꺾인 모습으로 튕겨 나갔다.

척추가 접혀 뒤통수가 둔부 아래에 닿아버린 자도 있었다.

지크의 고글 속이 파란색의 눈빛으로 가득 채워져 있었다.

'여기서 끝날 리는 없을 테고?'

지크에게 맞아 쓰러진 투사들의 자주색 안에서 괴음이 들렸다.

쓰러져 있던 그들이 격렬히 몸을 떨었다.

부러진 팔다리와 척추가 다시 제 위치로 돌아왔다.

갑옷 안쪽은 몰라도 바깥쪽에서 들리는 의학적인 소리가 지크의 눈살을 절로 찌푸리게 만들었다.

"갑옷이 놈들을 치료하나 봐?"

구경하던 키르히가 중얼거렸다.

"스파르탄의 갑옷이 가진 기능 중에 하나란다."

제타가 말했다.

"헤파이스토스는 올림포스 안에서 가장 재주가 뛰어난 신이지. 그 실력은 실로 신의 창조력에 가까워서 영혼이 없는 단백질의 생물체도 만들어낼 수 있을 정도란다."

"영재교육을 잘 받았나 보네."

"흠, 아무튼 스파르탄 아머를 착용한 자는 몸이 완전히 두 동강 나기 전까지는 무사히 싸울 수 있지. 몇 달이 지나도 배고픔조차 느끼지 못한단다."

"치료는 봤으니 그렇다 치고, 배고픔은 어째서?"

제타는 자신의 피부를 쭉 당겼다.

"피부는 화장품을 바르라고 신이 내려준 게 아니란다. 생존을 위한 여러 가지 기능이 숨어 있지. 그 중에 하나가 비로 피하지방이란다."

"호오."

"스파르탄의 갑옷은 착용자의 피부에 영양소를 직접 공급해서 착용자가 생존할 수 있는 힘을 주지. 단순히 생존뿐만 아니라 전투 가능 시간을 늘려주는 역할도 하니 이 어찌 좋지 않을 수 있겠나?"

"그렇군."

그녀를 보며 감탄하던 키르히가 눈살을 찌푸렸다.

"듣고 보니 지나치게 잘 아는 것 같은데?"

"공부를 좀 한 것뿐이네."

제타가 당당히 우겼다.

다시 몸을 제대로 갖춘 투사들이 중상에서 회복되었다는 것을 증명하듯이 빠른 발놀림으로 지크를 다시 노렸다.

"잘라야 한다, 이거지?"

그가 오른손을 펴 들었다.

투사들의 도끼와 검, 철퇴 등이 일제히 그의 목숨을 노리고 쏟아졌다.

작전에 따라 낫을 들고 뛰어들던 투사의 목이 순간 뒤로 꺾였다.

지크는 목이 꺾인 채 쓰러지는 투사의 투구를 밟은 채 서 있었다.

지크가 왼손을 바지주머니 속에 찌른 채 내려가면서 오른손에 힘을 주었다.

아까 운석을 자를 때 잠깐 나타났던 그의 무기, 무명도가 다시 나타났다.

"역시, 명도 무명입니다."

헤파이스토스는 시원하게 벼려진 그 감벽색의 칼날을 보며 감탄했다.

투사가 쓰러지는 순간 무명도가 그린 파란 반월이 경기장 한가운데에서 번뜩였다.

지크에게 밟혀 쓰러진 자 외에는 부상당한 자가 없었다.

투사들 스스로도 놀란 듯 자신들의 몸 곳곳을 급히 점검해 봤지만 역시 부상당한 곳은 없었다.

그런 와중에 검을 든 투사의 어깨에 줄 같은 것이 철썩 떨어졌다.

잘린 채찍의 끝이었다.

조금 먼 곳에서 지켜보며 지크의 빈틈을 노렸던 채찍의 투사는 잘린 채찍을 버린 뒤 허리 왼쪽에 미리 준비해 온 여분의 채찍을 들기 위해 오른팔을 그쪽으로 내밀었다.

그러나 그의 손은 허우적거릴 뿐, 채찍을 잡지는 못했다.

채찍을 차고 있는 몸통의 왼쪽은 이미 땅에 쓰러져서 내용물을 흘리고 있었다.

"으……."

투구 속에서 반짝거리던 투사의 눈이 차차 생기를 잃었다.

그 초고속의 움직임으로 기선을 제압한 지크는 남은 네 명의 투사를 보며 어깨를 으쓱했다.

"너희들이 왜 지금 여기에 나와서 나와 싸우고 있는지 이유는 다들 알고 있겠지?"

기계 같기만 하던 투사들이 움찔했다.

"어차피 다음 상대를 위해 죽을 거라면 더 흥겹게 싸우라고, 친구들."

그의 몸이 순간 흐릿해졌다.

어딜 갔을까 싶었던 지크의 주먹이 낫을 든 투사의 안면에 정확히 꽂혔다.

"스파르탄의 갑옷?"

지크가 씩 웃었다.

경이적인 속도로 얻어맞았음에도 불구하고 투사는 꼼짝도 하지 않았다.

"이런 상황도 감안했을까나?"

지크의 주먹이 흐릿해졌다.

둘이 밟은 땅을 중심으로 모래흙이 파문을 일으켰다.

가공할 만한 위력의 진동이 지크의 주먹에 걸리고 있었다.

그 진동이 끝나자마자 투사는 뒤로 멀찌감치 날아갔다.

비명은 없었다.

진동이 어느 한도를 넘어설 무렵 그 갑옷의 내부에는 제대로 된 인간의 신체 대신 주황색의 곤죽만이 잔뜩 들어 있었다.

관중 보호용 방벽에 충돌한 투사는 갑옷째로 압착되어 납작하게 펴졌다.

갑옷 안에 차 있던 혈액이 갑옷의 틈새 밖으로 퍼졌다.

퍼져 만들어진 형상이 마치 도화지에 물감을 마구 뿌려 만든 거인의 형상과도 같았다.

스파르탄 갑옷의 제작자, 헤파이스토스는 냉정하게 뭔가를 기록할 뿐 별다른 반응을 보이진 않았다.

"계속 가볼까?"

다른 투사의 앞에 유령처럼 나타난 지크는 상대를 붙잡기 위해 왼손을 뻗었다.

대상이 된 투사는 마치 큰 적란운이 자신을 노리고 손을 뻗은 착각을 받았다.

"으윽!"

그는 당황하여 도끼로 상대를 막으려 했다.

도끼는 지크의 손이 진동하면서 미처 닿기도 전에 과자처럼 조각났다.

결국 왼손에 안면을 잡힌 투사는 지크의 팔을 통해 전해지는 강렬한 전기적 충격으로 인해 기절하여 늘어지고 말았다.

그 장면에서 헤파이스토스가 경악했다.

"저럴 리가! 절연 능력은 확실할 텐데?"

그 말이 무색하게 지크에게 잡힌 투사는 단백질이 타들어가는 냄새를 갑옷 밖으로 뿜었다.

'전기 충격만이 아니로군. 극초단파를 이용한 발열까지!'

헤파이스토스는 자신이 알던 것과 너무도 다른 지크의 모습에 입을 다물지 못했다.

지크는 아직도 구워지고 있는 상대를 붙잡은 채 무명도를 위로 들고는 티스푼으로 찻잔을 젓듯이 머리 위에서 한 차례 빙글 돌렸다.

무명도의 칼날에서 비롯된 바람이 일직선의 큰 돌개바람이 되어 또 하나의 커다란 칼날로 변했다.

"미안한데, 아직 진심으로 싸우는 건 아니야."

그 바람의 태도(太刀)가 철퇴를 든 투사를 향해 단두대의 칼날처럼 떨어졌다.

하늘에 낳은 그 돌개바람의 칼날에 압도당했던 투사는 얼른 정신을 차리고 옆으로 움직여 공격을 피했다.

"흠?"

지크가 씩 웃었다.

"으음!"

피했던 투사가 몸을 낮췄다. 땅에 단단히 붙어 있을 것만 같던 그의 두 발이 칼날에 휘감겨진 돌개바람을 향해 이끌려 갔다.

"으, 으으으으!"

"이야, 잘 버티는데?"

돌개바람의 회전수가 올라가면서 높은 굉음이 일어났다.

급작스런 기압 변화로 인해 경기장과 관중석 사이에 설치된 방벽이 빛과 불똥을 튀기며 안으로 조금씩 구겨졌다.

두 발의 힘으로는 어떻게 이겨낼 수 없음을 깨달은 투사는 철퇴를 땅에 꽂고 버텼다.

"난 내 친구랑 좀 달라서 말이지."

지크가 중얼거렸다.

"적이 괴로워하는 모습을 보고 즐기는 성격이 아니야."

지크는 버티는 투사를 향해 돌개바람의 칼날을 옆으로 슥 움직였다.

도저히 피할 상황이 아니었던 투사는 그 강력한 돌개바람 속에서 갑옷과 피부, 내장, 뼈가 제각각 나뉘어 경기장 사방으로 흩어졌다.

남은 것은 검을 든 투사뿐이었다.

"적당히 구워졌군."

지크는 왼손에 붙들고 구워 버린 투사를 옆에 던졌다.

스파르탄의 갑옷 안쪽에서 숯덩이가 부러지는 소리가 났다. 갑옷에 보호되어야 할 인체는 내부에서 미라보다 더 건조한 상태로 변해 있었다.

지크는 파란색의 빛으로 가득 찬 고글을 만지며 남은 상대에게 다가갔다.

"항복한다면 여기서 돌려보내 주지. 난 아까 나온 놈이랑 달라."

"항복? 당치 않다! 나는 나흘 밤 동안 혜라님의 은혜를 입은 올림포스의 투사다!"

그가 당당하게 외쳤다.

경기장 안에서 들려온 그 말에 지쳐 가만히 있던 리오가 피식 웃었다.

"은혜를 입은 건 아랫도리뿐이로군."

제타가 소리없이 웃었다.

키르히는 무슨 소리냐는 얼굴로 동료들을 두리번거렸다.

무슨 소리인지 전혀 모르는 하이엘바인은 한 귀로 듣고 다른 한 귀로 흘려 버린 채 시무룩한 얼굴을 유지했다.

반면 피엘은 목까지 빨개져서 연거푸 안경을 고쳐 썼다.

"뭐, 그러시다면야."

무명도를 다시 바람으로 바꿔 없앤 지크는 주먹으로 싸울 준비를 했다.

검을 든 투사는 정신을 집중한 채 상대를 관찰했다.

"윽?"

투사가 움찔했다.

경기장 내에 존재하는 공기들이 눈에 보이지 않는 밧줄이 되어 그의 몸을 묶었다.

그는 몸부림쳤지만 아예 발끝까지 땅에 떨어지면서 저항은 끝났다.

지크는 바람이 가져다준 상대를 향해 돌려차기를 날렸다.

타점이 상당히 높은, 채찍처럼 휘어지는 훌륭한 차기였다.

발끝이 투사의 옆구리에 박혔다.

맞은 부위의 반대쪽에서 큰 충격파가 터졌다. 갑옷과 갑옷 사이를 연결해 주는 검은색의 물질이 터지면서 갑옷 속에 있던 투사의 알몸이 날아갔다.

날아간 투사는 관중석의 방벽에 한 번 부딪친 뒤 경기장 밖으로 멀리 날아갔다.

투사가 날아간 곳을 가만히 바라보던 아테나는 잊겠다는 듯이 눈을 감았다.

"인상적이군요."

"하하, 어차피 이기기 위해 저들을 내보낸 것도 아니지 않습니까?"

크게 웃은 헤파이스토스는 포도주를 마시면서 투사들과 지크가 싸우는 동안 자신이 봤던 것들을 머릿속에서 정리했다.

"재미있는 싸움이 될 것 같습니다. 그럼 다녀오지요."

헤파이스토스가 대기석의 문을 열고 밖으로 나갔다.

계단을 내려오는 상대를 목격한 지크는 헤파이스토스가 직접 나오는 모습에 의외라고 느꼈다.

[어이, 제타.]

[무슨 일인가, 지크 스나이퍼.]

[헤파이스토스가 싸움을 잘 하는 편이었어?]

[몸싸움은 형편없지. 하지만 쉽게 이길 생각은 하지 마라.]

[어째서?]

[헤파이스토스는 또 다른 의미의 창조주라고 할 수 있지. 그가 만드는 모든 도구와 무기는 그 어떠한 신도 흉내 낼 수 없는 경지의 것들이야.]

[저 갑옷들을 봐서는 전혀 모르겠는데?]

[스파르탄의 갑옷은 그냥 위에서 시켜서 만든 것뿐이야. 헤파이스토스가 사랑하는 창조적인 능력과는 거리가 멀지.]

[내놓은 자식이라 이거군.]

[아무튼 그는 머리가 좋고 관찰력이 뛰어날 뿐더러 그것들을 정리하는 능력도 탁월하단다. 이미 너에 대한 분석도 끝났을 것이야.]

[재밌겠군.]

지크는 계단을 내려와서 절뚝절뚝 자신의 앞에 서는 헤파이스토스를 지켜봤다.

"무리하지 말고 들어가시지?"

"노인 취급 하지 말게."

"젊은 사람 취급하기도 굉장히 뭐해."

"후후, 보기보다 녹녹한 청년은 아니로군."

헤파이스토스의 다소 추한 얼굴에 미소가 떠올랐다.

"리오 스나이퍼가 상대였다면 난 내려오지도 않았을 것이네."

"왜?"

신이 쓴웃음을 지었다.

"아까 봤더니 건들기만 해도 죽일 기세더군. 자네니까 대화라도 할 수 있지, 그였다면 내가 경기장 안에 내려오자마자 칼질을 했을 거야."

지크는 '과연 그럴까?' 하는 표정으로 머리를 긁적거렸다.

"자, 이제 싸움을 시작해 보세."

헤파이스토스가 소매에서 긴 지팡이를 꺼내더니 그것으로 경기장의 바닥을 쿡 찔렀다.

수천 개의 쇠붙이가 경기장의 담을 넘어 안으로 밀려들어 왔다.

그 쇠붙이들은 처음엔 엉망이었다가 뒤로 갈수록 하나의 모양새를 갖췄다.

두 개의 굵은 다리와 꼬리, 두툼한 상체, 굵은 목덜미, 그리고 어떤 물체는 한 번에 씹어 분쇄할 듯한 날카로운 이빨.

'공룡?'

지크는 앞에 나타난 그 대형 기계를 보고 자신의 세계에서 아주 오래 전에 멸망했다고 전해지는 그 대형 생물을 떠올렸다.

그 기계의 표면에 검은색의 물질이 뒤덮였다. 물질의 소재는 매우 낯설었고 냄새는 독했다.

공룡, 티타노스의 두 눈에 노란색의 불빛이 들어왔다. 그리고는 생명을 얻은 듯 호흡을 하며 헤파이스토스의 옆을 지나 지크에게 다가갔다.

지크와 자신의 창조주 사이에 우뚝 선 그 티타노스는 자신의 적을 뚫어져라 쳐다봤다.

"시작하세."

헤파이스토스가 뒤로 멀찌감치, 불편한 다리가 거짓말이었던 것처럼 빠르게 물러나고는 철로 된 의자 하나를 창조하여 그 위에 앉았다.

'내가 몸집이 큰 적을 상대로 잘 싸우지 못한다는 말을 어디서 들은 모양이군.'

지크의 머리 위로 강한 바람이 불었다.

그 바람은 큰 주먹의 모양을 하고 있었다.

'옛날 얘긴데 말야.'

순간 티타노스가 크게 입을 벌렸다. 처음에 지크는 그 공룡이 소리를 질러 대항할 거라 생각했지만 결과는 정반대였다.

그냥 입을 벌리고 눈빛을 반짝인 것뿐인데 주먹의 모양을 한 바람이 산산이 흩어졌다.

피엘은 그 공룡이 무엇을 한 것인지 한 눈에 알아차렸다.

"기상 병기군요."

그녀의 말대로 그 공룡 안에는 헤파이스토스가 '급조' 한 기상 조작 장치가 깔려 있었다.

지크가 힘을 발휘하면서 경기장 곳곳에 흐르던 전류들까지도 어느 순간부터 잠잠해졌다.

헤파이스토스가 인자하게 웃으며 우산, 아니, 양산을 폈다.

양산은 바람이 불지 않는 것을 증명하듯 꿈쩍도 하지 않았다.

"이제 자네는 맨몸으로 싸워야 하네, 지크 스나이퍼."

티타노스가 땅을 휩쓸듯 꼬리를 휘둘렀다.

그것을 뛰어 피한 지크는 뒤이어 덮쳐 오는 공룡의 입김을 다시 한 번 피했다.

일반적인 입김이 아니었다. 연푸른색의 빛을 가진, 엄청난 에너지가 농축되어 있는 파괴광선이었다.

두 번의 공격을 피한 지크는 무명도를 불러내어 공룡의 왼쪽 다리를 후려쳤다.

공룡의 피부 역할을 하는 검은색 물질이 그 칼날의 날카로움을 붙잡고는 피부 전체로 충격을 보내 완화시켰다. 게다가 잘 베이지도 않았다.

"쯧."

지크는 뒤로 뛰어 물러나면서 다시 칼로 허공을 베었다.

그냥 벤 것이 아니라 운석을 자를 때처럼 공간 그 자체를 가른 것이었다.

하지만 그마저도 강한 전기 불꽃과 함께 없는 일이 되어 버리고 말았다.

'그냥 조작하는 게 아니야. 비정상적인 법칙의 오류를 부정하는 장치로군.'

지크의 이끌림에 따라 대기가 움직이고 공간이 잘리는 것은 방금 설명한 '비정상'의 범주에 포함되어 있었다.

지크는 무명도를 거두었다.

알려진 그의 성격이라면 걸신 붙은 아귀처럼 달라붙었을 것이다. 하지만 지크는 침착했고 그 침착함이 헤파이스토스를 조금 긴장시켰다.

'무슨 일이지?'

공룡으로부터 조금 떨어진 지크는 바지 주머니에 두 손을 찌른 뒤 한숨을 내쉬었다.

"흠. 방심했군."

그의 말에 헤파이스토스가 주먹을 쥐고 자신의 입에 가까이 가져갔다. 땅속에서 솟아난 쇠붙이들이 확성기의 형태로 변해 그의 쭈글쭈글한 손에 잡혔다.

"포기하는 건가, 지크 스나이퍼? 항복한다면 받아들이겠네."

"그건 아니야. 오늘 하루 내내 싸우기로 약속했으니 여기서 물러날 수는 없어."

"허, 그럼 내가 모르는 어떤 방법이라도 쓸 참인가?"

지크가 오른팔을 번쩍 들었다.

"당신이 직접 싸우지 않는 한 나도 직접 싸울 필요는 없겠지."

"음?"

"처맞고 나서 뭐라고 하기 없기야."

지크의 주먹에서 강렬한 화염이 올라왔다.

"내 노예를 소개해 주지. 당신들에게 감정이 좀 있는 녀석이니 각오하라고."

"무슨……?"

지크가 만든 바람의 칼날이 그의 뒤쪽 지면 위에서 춤추듯 움직였다.

칼날이 만든 것은 거대한 도형이었다.

그 도형의 틈새로 새빨간 용암이 비어져 나와 줄줄 흘렀다.

그 용암과 용암의 열기는 자연적인 것과 거리가 멀었다.

그냥 양산을 쓰고 경기를 즐길 것만 같던 헤파이스토스의 안색이 대번에 변했다.

용암이 흐르는 그 도형에서 작은 집보다 더 크고 묵직한, 그리고 흉악한 손이 불쑥 튀어나왔다.

검은색의 손톱과 같은 색의 돌기가 흉기처럼 솟아 있는 붉은색의 손이었다.

갑옷처럼 단단한 각질에 싸인 두꺼운 손가락과 손등은 경기장 전체를 뜨겁게 달구었다.

그 손의 주인이 용암을 몸에 감은 채 도형 위로 뛰어 올랐다.

용암을 헤치면서 머리에 붙은 세 개의 거대한 뿔이 드러났다.

침울하던 하이엘바인의 눈이 반짝 하더니 경기장 쪽으로 향했다.

더불어 올림포스와 관련된 모든 이들이 긴장하여 숨을 멈췄다.

사람도, 짐승도 아닌 존재가 두 개의 황색 눈과 이마에 붙어 있는 세 번째 눈을 불태우며 경기장 내의 공간을 열기로 일그러뜨렸다.

"후후후……."

그 엄청난 덩치의 존재가 웃음을 흘리며 착지했다.

용암이 찬물처럼 튀어 지크의 발뒤꿈치 근처까지 떨어졌다.

두껍고 튼튼한 두 팔은 땅에 닿을 정도로 길었다.

몸의 관절 부위 곳곳에는 달궈진 쇠처럼 붉게 빛나는 돌기들이 흉기처럼 빛났다.

마치 생물이 아니라 신을 모욕할 목적으로 만들어진 석상이나 건축물 같았다.

지크가 불러낸 '노예'가 길고 날카로운 이빨들을 드러내며 웃었다.

"올림포스라……!"

늑대, 혹은 곰과 비슷한 그 붉은색 괴물의 안면이 기쁨과 회한으로 일그러졌다.

"경기장 내의 이 친근한 공기! 여전히 기분이 나쁘군!"

지크가 뒤를 흘끔 봤다.

그가 불러낸 '노예'는 이상하게 흥분하고 있었다.

"뱃속에 기름기를 채운 채 검투사들의 피와 내장, 그리고 고통을 즐기던 자들이여! 너희들의 영웅이 이곳에 돌아왔다!"

그가 한 차례 더 크게 외쳤다.

"나, 디아볼리우스가 말이다!"

디아볼리우스, 아니, 악마왕 디아블로가 뿜어내는 파괴적 힘이 경기장을 우그러뜨릴 기세로 발산되었다.

"흥분하지 마, 아저씨. 할 일을 잊었어?"

지크가 팔꿈치로 그의 무릎 언저리를 쿡쿡 찔렀다.

"오, 지크 스나이퍼."

미쳐 날뛸 듯이 소리를 지르던 디아블로가 갑자기 선한 눈빛으로 꼬리를 내리고 그의 앞에 한쪽 무릎을 꿇었다.

"나를 이기고, 내가 섬기기로 한 주인이시여."

지크는 손을 내밀어 디아블로의 두꺼운 눈두덩을 누르고 쓰다듬었다.

"잠깐 놀아보자고, 아저씨."

＊　　　＊　　　＊

그것은 악마왕 디아블로가 지크와의 계약을 걸고 대결을 하기 직전의 일이었다.

"어린 전사여. 아무리 내가 과거에 네놈을 인정했다고 하지만 조금 성급한 것이 아닌가?"

피엘의 소개에 따라 지크와 리오의 훈련장소로 들어온 디아블로는 앞에 서 있는 남자를 비웃었다.

그 남자, 지크는 상대의 도발에도 불구하고 묵묵히 몸을 풀었다.

그가 쓴 고글 너머로 느껴지는 기운이 뭔가 심상치가 않음을 감지한 디아블로는 문득 저 멀리 보이는 그물침대 쪽을 봤다.

상의를 벗고 침대에 누워 있는 붉은 장발의 남자, 리오는 이쪽에서 벌어질 싸움에 신경조차 쓰지 않고 있었다.

'내가 아는 그놈들이 맞나?'

한참을 생각하던 디아블로는 감각적으로 지크의 연령을 분석해 봤다.

"아니……?"

그 고글을 낀 지크는 자신이 알고 있는 지크 스나이퍼보다 무려 세 배 이상의 영적 연령을 지니고 있었다.

정색을 한 디아블로는 곁에 있는 피엘을 세 개의 눈으로 봤다.

"플레포스 비서관. 이 공간의 보안 수준은 어느 정도인가?"

"오딘님께서 직접 보장하시는 수준입니다."

"그렇군."

디아블로의 코끝에서 무쇠조차 녹일 만큼의 뜨거운 열기가 붉은색을 띠고 흘러나왔다.

"드디어 때가 온 것이군."

"때가 됐다고? 아저씨, 뭘 좀 알고 있나?"

지크가 물었다.

"나는 신계혁명의 주범들 가운데에서도 가장 진실에 근접한 극소수지. 결국 쉬프터와 결전을 벌일 날이 온 것이야."

디아블로가 웃었다.

"그래, 넌 내가 아는 그 애송이가 아니군."

"오래간만에 만났다는 말이 맞지."

"흠, 후후."

디아블로가 천천히 끄덕였다.

"꿈을 이룬 적이 있나, 지크 스나이퍼?"

"꿈?"

맨손체조로 몸 이곳저곳을 풀던 지크가 그 뜬금없는 질문에 동작을 멈췄다.

"꾼 적은 많아."

"이룬 적은 없다, 이 말이군."

상념에 잡힌 상대의 모습에 이상함을 느낀 지크는 고글을 걷고 그를 살펴봤다.

"아저씨는 어떤데?"

"난 이뤘지."

그가 두 팔을 벌리며 답했다.

"난 위대한 악마왕이 아닌가?"

"왕이 꿈이었어?"

"그렇지."

그가 털어내듯 말하고는 입을 다물었다.

지크는 남자라는 생물이 지금 같은 상황에서 왜 그런 반응을 보이는지 잘 알고 있었다.

하지만 그는 그냥 지켜봤고 디아블로는 한참이 지난 뒤에야 뒷이야기를 이어나갔다.

"그저 이루기만 하면 될 거라고 생각했단다. 어렸을 때는 말이지. 하지만… 아니더군."

지크는 디아블로의 어린 모습을 잠깐 상상해 봤다.

그리 좋은 그림이 나오진 않았다.

디아블로는 굳게 끼고 있던 팔짱을 풀고 한숨을 쉬었다. 그 숨결의 열기가 지크를 귀찮게 했다.

"자, 이제 오랫동안 미뤄왔던 싸움의 끝을 보도록 하자, 지크 스나이퍼여. 네가 이기면 난 너의 노예가 될 것이다. 대신 내가 이기면 넌 주신계와 관련된 모든 권한과 권능을 잃고 나를 위해 일하는 전사가 되어야 한다."

"그러지."

지크가 준비운동을 멈추고 오른손을 풀었다.

한줌의 회오리바람이 그의 손바닥 안에서 일어나서는 칼

집이 없는 도검으로 변했다.

"명도 무명이로군. 그런데 칼집은 어디 있나?"

악마왕의 질문에 지크는 왼손 엄지로 자신의 심장 위를 쿡 찔렀다.

디아블로는 그 행동의 의미를 알고 있었다.

"의지라……."

그는 악마왕이기에 앞서, 영겁의 세월 동안 숱한 전투를 치르고 살아남은 한 명의 전사였다.

그런 그가 모를 리가 없었다.

물리적인 칼집이 아닌, 어느 경지에 도달한 자만이 가질 수 있는 또 하나의 칼집을.

"거기까지 도달했다니, 칭찬하지 않을 수 없겠군."

디아블로의 전신에서 검은색의 투기(鬪氣)와 붉은색의 열기가 무시무시한 기세로 일어났다.

"시작해 보자, 지크 스나이퍼."

그들이 있는 공간 전체가 디아블로의 강력한 힘에 의해 일그러졌다.

피엘은 미리 리오의 곁으로 물러났다.

물러나는 그녀를 잠깐 본 디아블로는 흠칫했다.

리오가 누워 있는 그물침대가 태풍보다도 강력한 자신의 투기 속에서 일말의 흔들림 없이 정적을 유지하고 있었다.

'저 괴물의 정체는 무엇인가?'

디아블로는 하이엘바인을 만난 이후 오랜만에 '괴물'이라는 단어를 사용하여 상대를 판단했다.

보고 느낀 것뿐인데도 자신의 몸이 반으로 토막 나는 느낌을 받았기 때문이다.

'정말 주신계의 그 녀석이 맞는가? 이 느낌은 오히려……?'

의심하는 순간 디아블로의 머리를 기묘한 바람이 스쳐 지나갔다.

힘의 장벽으로 그 공격을 막아낸 디아블로는 자신을 스치고 지나간 지크를 눈으로 좇으며 활짝 웃었다.

"과연, 빠르군."

지크가 발을 멈추고 돌아서면서 자신을 칭찬한 디아블로를 향해 주먹질을 했다.

상대적으로 작고 짧은 지크의 주먹이 디아블로에게 닿기에는 거리가 너무 멀었다.

그러나 디아블로가 그 일격에 허리가 굽혀질 정도로 휘청거렸다.

대기가 뭉쳐 만들어진 주먹은 쇳덩이보다 강력했다.

흔들거리는 디아블로의 뒤편에서 지크의 모습이 유성처럼 나타났다.

"당신, 은근히 말이 많아."

지크는 상대를 노예로 만들지 못해도 상관없다는 기세로 무명도를 휘둘렀다.

파멸하여 죽은 자를 노예로 삼는 재주 같은 것은 지크의 머릿속에 없었다. 그는 그런 각오로 상대를 쳤다.

그러나 그의 속도보다 디아블로의 경험이 더 빨랐다.

붉은색의 악마왕은 방향과 자세를 바꿔 지크를 후려쳤다.

"말이 많다고? 좋은 충고다!"

그의 외침이 대지까지도 우르릉 흔들었다.

파괴적인 괴성과 완력이 뒤섞인 그의 주먹이 지크의 안면을 정확히 노렸다.

"충고만으로 괜찮겠어?"

지크는 재빨리 자세를 바꿔 디아블로의 두꺼운 무릎을 발끝으로 찍어 찼다.

디아블로가 미리 준비해 둔 방어 결계가 바늘에 찔리듯 관통되어 무릎관절을 파고들었다.

단순한 찍어 차기가 아니었다.

타격을 위해 발동되는 모든 힘을 바늘보다 가느다란 범위로 좁혀서 관통 능력을 극대화시킨, 디아블로의 모든 방어 수단을 뚫기 위한 고도의 수단이었다.

무릎뼈가 으스러지는 소리와 함께 디아블로가 주춤했다.

'여기까지 발전하다니!'

망가진 무릎이 이상한 모습으로 구부러졌다. 상대의 발전에 대한 기쁨과 함께 디아블로의 거구가 땅과 가까워졌다.

지크가 무명도를 하늘로 던졌다.

"내가 요즘 말수가 적어져서 말이야."

무명도가 바람과 함께 흩어졌다.

지크가 두 주먹을 쥐고 몸을 굽히고는 주먹을 좌우로 세차게, 연속으로 휘둘렀다.

디아블로는 행성의 대기 전체가 두 개로 뭉쳐 자신을 공격하는 듯한 느낌을 받았다.

용암과도 같은 혈액과 진한 산성의 타액이 디아블로와 지크의 좌우로 마구 튀었다.

"크큭, 후하하하하!"

디아블로의 비명이 괴성에 가까운 웃음소리로 변했다.

악마왕의 육체는 한 번 타격을 받을 때마다 형편없게 허물어졌지만 그는 타격을 능가하는 회복 능력을 갖추고 있었다.

상대의 성장에 기뻐 웃음을 터뜨리는 디아블로의 턱에 지크의 높은 발차기가 작렬했다.

악마왕의 머리 반쪽이 터졌다.

중상이었지만 지크가 다음 공격을 할 무렵 디아블로의 머리는 제 모습을 되찾았다.

이번에는 디아블로의 창날과도 같은 꼬리가 지크의 등 뒤에서 날름거렸다.

디아블로가 꼬리의 끝만 공간이동을 시켜 지크의 뒤를 노린 것이다.

꼬리의 끝이 지크의 뒷목에 난 솜털을 가를 무렵이었다.

"컥!"

디아블로가 순간 휘청했다.

튼튼한 그의 머리를 두드린 것은 지크가 붙잡아 휘두른 그의 꼬리였다.

어찌 된 일인지 뿌리부터 뽑혀져 나온 디아블로의 꼬리는 꼬리 그 자체가 망가질 때까지 디아블로를 계속해서 타격했다.

지크는 휘두르기만 하던 꼬리의 끝을 디아블로의 가슴 한가운데에 처박았다.

가슴을 붙잡고 쓰러진 디아블로의 입에서 갓 터진 용암처럼 황색으로 발광하는 액체가 진하게 쏟아졌다.

"어떻게 내 공격을……!"

지크는 신음하는 디아블로의 가슴을 걷어차 꼬리를 더

깊게 박아 넣었다.

"더 대단한 공격을 하는 놈들이랑 수백 년을 싸웠거든. 가상이지만 말이야."

대답한 지크는 손으로 디아블로의 꼬리를 억지로 뽑아냈다. 낚싯바늘처럼, 가시처럼 날카로운 꼬리의 돌기들이 디아블로 체내의 구성 물질까지 함께 이끌고 나왔다.

지크의 고글 내부가 새파랗게 빛났다.

"좀 지루해지는데?"

그를 모독한 지크가 발로 디아블로의 거체를 걷어차 뒤집고는 주먹을 상대의 뒷머리에 꽂았다.

행성의 중심핵까지 파고들어가는 그 충격에 디아블로는 감전된 동물처럼 펄쩍 움직였다.

거의 결정타나 다름없는 일격이었다.

지크는 다시 불러낸 무명도를 디아블로의 머리에 댔다.

"이제 내가 이겼다고 보면 되나, 아저씨?"

"후, 후후……."

땅을 짚으며 일어난 디아블로가 쓴웃음을 지었다.

"날 이겼다고 해서… 쉬프터를 이길 수 있다고 생각하나?"

"전혀."

"그렇다면 왜 내 힘이 필요하지?"

"일단 아저씨는 내가 모르는 걸 많이 알고 있어."

"그것뿐인가?"

"물론 아니지."

지크가 오른쪽 무릎을 굽혀 디아블로에게 얼굴을 가까이 했다.

"아직 날 봐주고 있잖아?"

"후후하하하!"

갑자기 웃기 시작한 디아블로의 등판 아래에서 굉음과 함께 용암이 솟아올랐다.

분출하는 용암과 함께 떠오른 디아블로의 육체는 용암을 빨아들이며 본모습을 회복했다..

"그 강력함! 그 깊이! 감탄했다, 지크 스나이퍼!"

디아블로의 힘이 이전과는 전혀 다른 압력으로 천지를 가열시켰다.

갑자기 터진 그 힘에 피엘이 뒷걸음질을 쳤다.

한두 걸음 물러나다가 넘어질 뻔한 피엘이 순간 허리를 앞으로 빼며 멈칫했다.

그물침대에 누워 있던 리오가 손으로 그녀의 둔부를 받쳐 넘어지는 것을 막아준 것이다.

무의식적으로 코트 뒤쪽에 손을 받친 피엘은 수치심에 인상을 쓰고 그를 노려봤다.

한편으로는 이 상황에서도 꼼짝을 하지 않는 리오의 그 물침대가 신기하여 대놓고 화를 내지는 못했다.

지크가 강한 살기로 맞서며 자세를 바꿨다.

"이 디아블로, 비록 쉬프터들과 맞선 일은 없지만 그보다 더 강력한 존재와 맞선 적이 있도다!"

"그래?"

쉬프터보다 강한 존재가 있다. 그 사실에 신기해하는 지크의 눈동자 속에서 디아블로의 두꺼운 피부와 근육이 부르르 떨리며 팽창했다.

"태고의 영웅들을 혼자서 수차례 격퇴한 존재! 수억의 싸움꾼을 도살하고 그들의 시체로 발할라의 계곡을 가득 채운 무적의 전사!"

지크는 디아블로가 칭송하는 그 존재가 누구인지 감이 잡히지 않았다.

"솔직히 말해서, 나는 하이볼크님을 그다지 존경하진 않는다. 하지만 지금은 감사하지 않을 수 없겠군."

디아블로는 화염의 숨결을 그 어느 때보다 길게 뿜으며 미소를 지었다.

"그 꿈! 소년 시절에 꾸었던 그 꿈까지 내던져 맞설 존재를 내 앞에 이렇듯 던져 주시다니, 이 어찌 기쁘지 않을 수 있으랴!"

그가 오른손을 쥐었다.

디아블로의 뒤편에서 작은 활화산이 터지면서 흉폭한 모습의 검 한 자루가 모습을 드러냈다.

"어서 오너라, 지크 스나이퍼! 너의 힘을 이 디아블로에게 보여주는 것이다!"

디아블로는 양팔을 크게 벌렸다.

주변의 대기와 지면 전체가 디아블로의 엄청난 발열로 인해 증발하고 가열되어 생지옥으로 변했다.

자신이 불러낸 검이자 분신인 디아볼릭을 손에 쥔 디아블로는 과학적으로도 설명이 불가능할 정도의 폭염을 일으켰다.

"바람으로, 대기로, 천공으로 나의 이 힘을 받아낼 수는 없을 것이다!"

지크는 자신이 딛고 있는 지면까지 녹아버리는 것을 보고 고개를 끄덕였다.

"그럼 좀 시험해 볼까?"

지크가 상대의 무기, 디아볼릭에 맞서듯 왼손을 들었다.

그릇을 받치는 모양으로 굽혀진 그의 손가락과 손바닥 사이에서 황금색의 빛이 솟아올랐다.

'선신계의 힘?'

그가 안전주문을 해제할 것이라 예상했던 디아블로는 대

단히 의아했다.

"무엇이냐, 그 힘은? 그만큼 앞이 캄캄한 것이냐? 과거에도 그랬지만 이번에도 아무것도 하지 못하는구나, 지크 스나이퍼!"

"……."

"그 빈약한 모습과 함께 증발되어라!"

디아볼릭에서 이글거리던 폭염의 덩어리가 파란 하늘마저 가르며 지크를 향해 날아갔다.

그 순간 지크의 앞에 검은색의 물체가 나타났다.

'저것은……?'

디아블로는 검은색 바위에 부딪쳐 부서지는 파도처럼 허무하게 사라지는 자신의 폭염을 경악 속에 지켜봤다.

잠시 후, 땅과 대기가 식어갔다.

온몸이 난도질당해 땅에 쓰러진 디아블로는 흐릿한 시야 속에서 자신을 향해 걸어오는 지크를 무의식에 가까운 상태로 바라봤다.

"졌다. 완패다."

"이제 내가 아저씨의 주인인가?"

"그렇다. 아니, 그렇소. 지크 스나이퍼. 이렇게 주인을 맞이하다니, 기쁘기 그지없소."

　　　　　　*　　　*　　　*

　　"임시직이니까 말 편하게 해."

　　"그럴 수는 없소. 사내와 사내의 약속이거니와, 이렇게
인과가 깊은 장소에 불러내 주셨으니 말이오."

　　"흠, 치어리더까지 있고 말이지."

　　지크가 자기 측의 대기석을 가리켰다.

　　대기석 난간까지 나온 하이엘바인이 원래 그 자리에 있
던 키르히를 왼손으로 밀어내며 디아블로를 향해 팔을 흔
들었다.

　　"이보게! 여기일세!"

　　하이엘바인은 진심으로 반가워했다.

　　"하이엘바인님……!"

　　그녀의 얼굴을 보고 깜짝 놀란 디아블로가 지크의 작은,
어디까지나 그의 손에 비해 작은 어깨를 흔들었다.

　　"아니, 저분의 안색이 왜 저러시오? 샘물처럼 맑았던 눈
이 탁해지고… 속눈썹 사이로 눈물자국까지 있지 않소? 뭔
가 안 좋은 일이라도 있었던 것이오?"

　　"……."

　　눈도 참 좋다. 그리 생각한 지크는 왼손으로 자신의 안면
을 덮었다.

"아저씨, 일단 체통을 좀……."

"오, 실례."

디아블로가 다시 일어나 헤파이스토스가 만든 티타노스 앞으로 발굽을 움직이며 걸어갔다.

그 엄청난 크기의 발굽이 찍힌 땅은 열기와 악마 특유의 사악한 기운으로 인해 까맣게 타들어갔다.

"장난감을 만드는 취미는 여전하시구려, 헤파이스토스."

"내 존재 이유이긴 하네만… 자넨 대체 어떻게 된 건가? 자네는 무려 악마왕이 아닌가?"

"유능한 부하들을 워낙 많이 둔 덕에 이렇게 나만의 삶을 살아갈 수 있소. 당신들과는 다르지."

"……."

"당신이야말로 어떻게 된 것이오? 하데스님의 대우가 안 좋았소?"

디아블로의 눈 세 개가 올림포스 측의 대기석으로 향했다.

"그리고 아테나님."

아테나의 올리브색 눈동자가 디아블로의 사악한 기운에 정면으로 맞섰다.

"올림포스의 신으로서 다시 위엄을 되찾은 당신을 다시 보는 것도 조금은 영광입니다. 과거에 올림포스의 수호신으로서, 당신은 승리를 한 노예검투사에게도 아낌없는 축복을 내리셨습니다. 소인과 소인의 전우들은 당신의 그 평등함을 여전히 잊지 않고 있습니다."

그러자 아테나가 인상을 구겼다.

"명계에서는 왜 지금과 같은 말을 나에게 하지 않았나?"

"남자는 분위기를 타는 동물이지요."

이유가 있어서 정답을 넘긴 것뿐이었으나 뒤에서 듣고 있던 지크는 몸에 오한이 일어났다.

'아, 순정남. 미쳐.'

주인이 그렇게 비난(?)하고 있다는 사실을 전혀 모르는 디아블로는 헤파이스토스가 만든 티타노스에게 시선을 돌렸다.

"주인의 의식을 통해 그 기계의 능력을 잘 봤소. 헤파이스토스여."

"그렇다면 나에게 조금만 더 시간을 주게."

"준다면?"

"자네에 맞게 좀 고치고 싶네만."

그러자 디아블로가 웃었다.

그 전직 악마왕은, 지크에게 패배해 노예가 된 그 존재는 코와 이빨 사이로 열기를 흘리며 웃었다.

"헤파이스토스. 싸움의 신성함을 모르는 그 못된 버릇은 여전하구려."

"자네는 어렸을 때부터 나를 존중하지 않았지."

"물론이오. 노예검투사 제도를 만든 장본인이 바로 당신 이니까."

디아블로가 자신의 양쪽 광대뼈 부근에서 길게 비어져 나온 뿔을 손톱으로 만졌다.

"당신은 제우스가 만든 창조의 원칙을 마음대로 어기고 강한 생명체를 만들기 위해 은갖 수단을 다 사용했소. 그것 중에 하나가 바로 남녀 노예검투사 중 최강이 된 자를 강제 로 교배시키는 것이었지."

디아블로의 분노가 더 강렬해졌다.

"근친교배, 이종교배 등등, 농사꾼들도 안 하는 짓을 서 슴없이 했소. 그 시간이 길어지면 길어질수록 검투사들의 모습도 변했소. 바로 나처럼 말이오."

헤파이스토스가 고개를 갸웃했다.

"그것은 신이 피조물에게 행한 은혜일 뿐일세. 죽인 것도 아니고, 뭐가 불만인가?"

"……."

"아, 지금의 모습이 마음에 안 드는 모양이군."

고개를 끄덕인 헤파이스토스가 웃었다.

"좀 더 보기 좋은 모습을 자네에게 주겠네. 나와 함께

가세."

"후후하하하!"

디아블로가 폭염을 실어 웃었다.

"하아, 아쉽게도 나의 주인은 당신이 아니라 당신의 피조물을 나에게 맡겼소. 약속은 반드시 지키겠다고 맹세한 바, 아무래도 당신을 악마의 방식대로 처리하는 것은 꿈에 그쳐야 할 것 같소."

"너무 실망하지 마, 아저씨."

지크가 디아블로의 굵은 뒷다리 관절을 손으로 탁 쳤다.

"살려서 그 동네에 넘겨줄 테니까."

"그렇다면 다시금 감사하겠소."

디아블로가 주먹을 풀었다.

"나와라, 디아볼릭!"

그 거대 악마가 경기장 바닥에 오른발을 굴렀다.

그의 앞쪽 지면이 화산 터지듯 갈라지며 뜨거운 용암을 토해냈다.

용암이 울컥거리는 그 작은 지옥의 틈새에서 뭔가가 끝을 내밀었다.

검인지, 아니면 검의 모양을 한 거대 괴물인지 분간하기 힘들만큼 흉폭한 모습의 그 물체는 이윽고 주인인 디아블로의 손에 잡혀 자신이 무기라는 사실을 분명히 했다.

헤파이스토스는 디아블로의 몸집에 딱 맞는 그 초대형 검을 보며 생각에 잠겼다.

'자신의 분신이로군.'

도끼들을 마구 뭉쳐 검의 형태로 만든 듯한 무기, 디아볼릭을 든 디아블로의 모습은 모든 이들을 긴장시켰다.

오직 단 한 명만이 그에게 환호를 보냈다.

"멋지다네, 전우여!"

하이엘바인이 환하게 웃으며 두 팔을 흔들었다.

'전우…….'

디아블로의 입 끝이 올라갔다.

'이제 나에겐 후회가 없노라.'

악마왕, 디아블로의 분신인 디아볼릭이 화염과 폭력의 기운을 잔뜩 머금고 헤파이스토스의 티타노스를 노렸다.

헤파이스토스는 온몸에 닥쳐오는 폭염과 공포의 폭풍에 눈살을 구겼다.

'예상치 못한 일이로군.'

그는 지크의 성격에 대해서 들은 바가 아주 많았다.

지크는 자존심과 정의감이 너무 강해 일을 그르칠 때가 많았다. 또한 자신이 상대할 자라고 판단한 경우에는 그 누구의 도움도 거부한다.

흠씬 얻어맞기 전까지는 말이다.

티타노스는 그의 그런 성격과 천공을 조작하는 그의 능력에 맞게 만든 것으로서, 다른 이에게는 쓸모가 없을 수도 있는 무기였다.

그런데 그의 예상이 전혀 생각지 못한 상대의 능력, 혹은 동료에 의해 깨지고 말았다.

"양심을 잃은 신의 피조물이여, 그 저주받은 생을 마감할지어다!"

디아블로는 엄청난 스피드로 티타노스에게 돌진했다.

티타노스와 디아블로의 체구는 비슷했다.

티타노스는 있는 힘을 다해 옆으로 몸을 돌렸다. 상당히 빠른 기동력이었다.

디아블로의 검, 디아볼릭의 끝이 지면을 강타한 순간 일어난 충격이 경기장 한가운데에 모래흙의 장벽을 만들었다.

지면만이 충격을 받은 건 아니었다.

그 일격으로 인해 그냥 앉아 있기만 했던 헤파이스토스가 의자에서 쓰러졌다.

난간에서 구경하던 키르히도 비틀거렸다.

"허, 저 괴물은 대체 뭐야?"

"디아블로님이세요."

의자 밑을 잡고 충격을 버텨낸 피엘은 약간 내려와 버린 안경을 고쳐 쓰며 대답해 주었다.

"디아블로요?"

"악신계의 간부라 할 수 있는 7대 악마왕 중에 한 분이시죠. 특이한 불멸의 권한까지 갖고 계시기 때문에 거의 신에 가까운 존재라고 생각하시면 된답니다."

"그런 놈이 왜 저기 나타난 거죠?"

"지크님께서 저분을 노예로 삼으셨기 때문이죠."

키르히의 표정이 이상해졌다.

"노예요?"

"임시직이지만요."

"임시직이라니, 무슨 시간당 얼마 받고 저런 짓을 하는 건 아니겠죠?"

"그렇게 현실적인 건 아니에요."

또 한 번의 충격이 경기장을 흔들었다.

그 충격에 대기실 곳곳이 갈라지고 흙과 돌이 튀었다. 그로 인해 식탁 위에 차려져 있던 음식들은 엉망이 되고 말았다.

"디아블로님은 신계혁명이 일어나기 전에 노예검투사 생활을 하셨어요. 그때의 기질을 여전히 품고 계신 관계로 자신을 이긴 자, 혹은 그만한 가치를 가진 자에게는 악마들의 왕이라는 자리에 어울리지 않게 큰 관심과 이득을 주시지요."

"그 이득이 노예짓이에요?"

"일단 지크님께서 그 조건을 걸고 저분을 이기셨거든요."

"예?"

"모두가 인정하는 정당한 승부였어요. 그 누구의 개입도, 도움도 없이 지크님 스스로 해낸 일이었지요."

키르히는 지크가 상상보다 훨씬 더 강력한 존재임을 새삼 깨달았다.

"그러니 키르히님께서는 지크님을 무시하지 마시고 지금부터라도 잘 지켜봐 주세요."

"그, 그러죠."

키르히는 자세를 잔뜩 낮춘 채 경기장을 봤다.

사실 말이 그랬을 뿐, 디아블로와 지크의 맞대결은 비밀이었다. 대결에서 지크가 승리한 것 역시 마찬가지였다.

그러나 지크와 디아블로는 그런 정치적 은폐에 전혀 신경 쓰지 않았다.

적을 없앤다. 오로지 그것만이 존재할 뿐이었다.

"크으으으으!"

꽉 다문 디아블로의 이빨 사이로 초저주파가 흘러나왔다.

그 힘에 의해 관중석에 있던 올림포스의 망령들이 형태를 유지하지 못하고 하나둘씩 흩어졌다.

흉측한 검, 디아볼릭이 주인의 오른팔과 함께 공기를 달구며 티타노스를 노렸다.

검에서 뿜어지는 괴력은 리오가 사용하는 디바이너나 지크의 무명도가 갖지 못한 살아 있는 힘이었다.

디아볼릭이 디아블로가 만들어낸 분신이기 때문에 그런 것인데, 그 위압감은 하이엘바인이 들고 다니던 궁니르에 견줄 만했다.

두 괴물이 경기장 한가운데에서 육탄전을 벌였다.

앞다리가 짧은 형태인 티타노스는 머리와 두상 중앙에 박힌 돌기로 디아블로를 들이받았다.

디아블로는 그 공격을 왼팔의 각질로 받아내며 디아볼릭을 휘둘렀다.

두 공격이 동시에 오가자 땅이 더 크게 울렸다.

체중도 체중이지만 양측에서 중력 조절까지 동원하는 관계로 경기장은 삽시간에 엉망이 되었다.

"흠!"

티타노스를 밀어낸 디아블로가 검으로 상대를 가차없이 내려쳤다.

티타노스의 검은색 껍질 위에 디아볼릭의 칼날이 떨어

졌다.

베는 것이 아니라 쳐 끊는 듯한 느낌이었다.

충돌지점에서 엄청난 높이의 폭염이 치솟았다. 그 열기
는 티타노스의 껍질을 지글지글 끓게 만들었다.

헤파이스토스는 단 두 번의 합전을 통해 자신의 창조물
이 어찌 될지 예상해 봤다.

'승부가 너무 뻔하군.'

그 신의 눈동자에서 새하얀 빛이 올라왔다.

'그렇다고 넋 놓고 질 수는 없지.'

티타노스를 아예 쪼개고 파묻을 기세로 내리누르던 디아
블로가 갑자기 냉정한 눈빛으로 상대를 살폈다.

"흐, 그저 그런 쇠붙이는 아니었군."

티타노스의 척추에서 솟아나 피부 바깥으로 뚫고 나온
부채꼴의 돌기들이 갑자기 파랗게 빛났다.

몸체에 가해지는 디아블로의 열기를 그 돌기들이 강제로
방출시키고 있었다.

안정성을 확보한 티타노스가 꼬리 끝을 자신의 다리 사
이로 넣어 디아블로의 복부를 노렸다.

"후!"

디아블로의 몸체를 지키는 붉은색의 각질이 티타노스의
꼬리를 대놓고 막아냈다.

"겨우 이 정도인가?"

가볍게 웃은 디아블로는 입을 벌리더니 티타노스의 목덜미를 물었다.

티타노스의 피부와 그 속을 보호하는 금속제 구조물이 뜯기고 구겨졌다.

디아블로는 그 틈새 속으로 화염의 숨결을 불어넣어 내부에 큰 타격을 입혔다.

목이 뜯기고 녹아버린 티타노스의 머리가 옆으로 위태하게 덜렁거렸다.

가벼운 승리를 자신한 디아블로가 디아볼릭을 들며 승리를 자신했다.

순간 그의 거체가 휘청했다.

그의 모습까지도 잠깐 반투명한 상태로 변했다가 돌아오기를 반복했다.

여유로운 승리를 낙관했던 지크가 깜짝 놀랐다.

'뭐지?'

이윽고, 헤파이스토스가 자신만만한 미소를 그 흉한 얼굴에 잔뜩 머금은 채 의자에서 일어났다.

"디아볼리우스. 아니, 디아블로라고 불러주지."

그가 절뚝거리며 디아블로를 향해 걸어갔다.

"자네는 저 청년이 그린 도형을 이용해 이 세계에 나타났네. 악마왕에 걸맞은 멋진 등장이었고 그 모습이 너무 화려해서 나도 제 정신을 차리기 힘들었지. 하지만 방금 전에 자네의 본질을 깨달았네."

디아블로의 코앞까지 다가간 헤파이스토스는 지팡이의 끝으로 디아블로의 정강이를 쿡 찔렀다.

"으음!"

디아블로의 형태가 더욱 불규칙해졌다.

"자네는 말일세."

헤파이스토스가 말했다.

"실체가 아니라 일종의 현상이야. 실체에 너무 가까운 현상이기 때문에 실체라고 봐도 무방하지."

그가 지팡이를 더 깊게 찔렀다.

"저 청년이 자네를 노예라고 했을 때 알아봤어야 했어. 소환당한 존재를 내가 여태까지 실체로 인정하다니, 내 눈도 정말 다 됐군."

디아블로가 무너지듯 두 팔과 무릎을 땅에 댔다.

"과연, 대단한 지략이시오."

"지략? 지식이라고 해주게."

티타노스가 디아블로의 머리에 달린 뿔을 잡고 들어 올렸다.

악마왕, 디아블로의 거구가 떠오르더니 땅에 처박혔다.

"자네에게는 교육이 필요할 것 같군."

헤파이스토스가 원래 앉아 있던 자리로 돌아가며 말했다.

"자네는 악마왕일세. 내가 하데스의 밑에 있을 때는 자네의 그 용맹함에 대한 칭송이 악신계에 자자했지."

티타노스가 디아블로의 머리를 발로 밟았다. 한 번 밟힐 때마다 디아블로의 붉은 근육질 거구가 들썩거렸다.

"하지만 나에겐 그저 노예에 불과했네. 아테나님께서 자네를 칭찬하신 일은 많지만 그건 그분의 감정일 뿐, 난 아니었지."

항상 잔잔한 편이었던 헤파이스토스의 표정이 조금씩 냉엄해졌다.

"이곳은 올림포스라네. 탈주노예 주제에 신에게 기어오르지 말게나."

디아블로의 머리와 몸 위로 티타노스의 공격이 계속 쏟아졌다.

디아블로는 비명 없이 얻어맞았다. 그를 불러낸 지크는 그냥 가만히 지켜보기만 했다.

"디아블로!"

하이엘바인이 안타까운 나머지 그의 이름을 불렀다.

"어떻게든 좀 해보게, 리오! 저대로 저 젊은이를 죽일 생각인가?"

"왜 나한테 시비지?"

리오가 매우 불쾌한 표정을 지었다.

"당장 내가 내려가서 뭔가 해줄 거라 생각하나? 이런 식
으로 인정을 받다니, 반갑기도 하군."

리오는 물을 한 모금 마셨다.

"난 지금 지쳐서 아무것도 못해. 씹을 힘도 없어서 물만
마시고 있지. 그러니 얘기하고 싶으면 나 말고 저 노예의
주인인 지크에게 해."

그러자 하이엘바인은 그의 말대로 지크에게 정신감응을
시도하려 했다.

"그 전에 명심해."

리오가 그녀의 행동을 끊었다.

"구질구질하게 살아남느니 명예를 지키려는 자도 있는
법이야. 영원히 잊히는 한이 있더라도 말이야."

리오를 바라보는 하이엘바인의 뒤편에서 큰 폭염이 치솟
았다.

디아블로가 화염덩어리로 변해 흩어지고 있었다.

그 화염은 목이 거의 재생된 티타노스 앞에서 다시 실체
화했다.

하이엘바인은 경기장을 돌아봤다.

리오가 웃었다.

"뭐, 어차피 잊히는 것에는 이골이 난 아저씨지만."

폭염과 공포의 군주를 애써 기억하려는 세상 사람은 아무도 없을 것이다.

그러나 지금, 디아블로는 자신의 과거와 맞닥뜨린 전사가 되어 있었다.

티타노스가 그를 다시 찌르기 위해 꼬리를 움직였다.

디아볼릭이 디아블로의 앞으로 스스로 움직여 그 공격을 가로막았다.

분신이기 때문이었는지 디아볼릭은 헤파이스토스가 즉석에서 만들어낸 그 현상 제어 공격을 받고 곧바로 분해되었다.

디아블로는 자신의 가슴 한가운데가 뚫리는 느낌을 받았다.

"후후."

지크는 가만히 서서 웃는 디아블로의 모습을 봤다.

'이 정도가 아니잖아, 아저씨.'

디아블로가 다시 티타노스를 향해 걸어갔다.

"이런 싸움, 싫진 않군."

그가 다시 손을 뻗었다.

분해되었던 디아볼릭이 디아블로의 힘에 의해 재구축되

었다.

"마무리를 지어보자, 의지가 없는 존재여."

디아블로의 의지가 강해지면서 그의 형태가 처음에 나타났을 때처럼 뚜렷해졌다.

헤파이스토스의 눈빛이 다시 반짝거렸다.

아무것도 없던 티타노스의 오른팔에서 연두색의 빛이 치솟아 검의 형태를 이루었다.

티타노스의 검과 디아블로의 검이 정면으로 충돌했다.

그 틈으로 노리고 휘어지던 티타노스의 꼬리를 디아블로의 꼬리가 교묘하게 휘감아 붙잡고는 옆으로 뒤틀어 꺾었다.

"두 번이나 통할 것 같은가!"

괴성을 지른 디아블로가 상대를 밀었다. 티타노스도 힘을 발산해 정면으로 맞섰다.

하이엘바인은 그 모습에서 자신에게 맞서던 소년 악마의 모습을 떠올렸다.

'그때도 저런 얼굴이었지.'

당시 그녀는 압도적인 힘의 차이에도 불구하고 자신에게 덤비던 그 소년의 모습이 신기하고 재밌었다.

그녀는 그 소년이 스스로 다짐한 대로 언젠가는 왕이 될 거라 예상했다.

경험상, 그만한 의지를 발휘하면서 다시 일어난 자들 치고 위대한 업적을 쌓지 않은 자가 없었기 때문이다.

"피엘 비서관님."

그녀가 물었다.

"예, 하이엘바인님."

"디아블로는 어떻게 왕이 되었습니까?"

"무슨 말씀이신지요?"

"그게… 결코 쉽지 않은 과정을 겪었을 것 같아서 그렇습니다."

그녀가 조심스러운 이유는 방금 전 리오가 겪었던 평생의 일을 뜻하지 않게 읽어버린 탓이었다.

"치열했지요."

피엘이 말했다.

"제가 태어났을 때의 일은 아니기에 자세히 말씀드릴 수는 없지만 전면전은 물론 정치적인 암투도 무수히 있었답니다. 디아블로님은 그 모든 것을 이겨낸 일곱 명의 왕 중에 한 분이시죠."

"결국 그 소년이 꿈을 이루었군요."

"그렇답니다."

잠시 동안 입을 다물고 있던 하이엘바인이 피엘을 바라보며 물었다.

"저 친구, 왕일 때도 저렇게 행복한 얼굴이었습니까?"

하이엘바인의 질문에 대기석 내의 공기가 잔뜩 가라앉았다.

"적어도 행복과는 거리가 멀었지요."

"꿈을 이뤘는데도 말입니까?"

"글쎄요?"

피엘이 웃었다.

"남자들은 왜 꿈을 이루려고 할까요?"

"남자가 아니라서 모르겠소."

"풋."

그 지나친 솔직함에 키르히의 입 밖으로 웃음이 툭 터졌다.

그 웃음이 하이엘바인의 자존심을 팍 건드렸다.

"그럼 자네가 좀 대답해 주게. 남자로서."

"응?"

키르히는 미안했는지 질문을 앞두고 난감해했다.

"음… 그러니까… 아, 맞다. 생각났다."

키르히는 자신의 오랜 친구이자 형과 같은 존재에게 들었던 옛날이야기를 꺼냈다.

"자신이 이루고 싶어서 꾸는 꿈이 있고, 누군가에게 보여주고 싶어서 꾸는 꿈이 있다고 누가 그랬어."

"보여주고 싶어서 꾸는 꿈이라……."

하이엘바인이 중얼거리는 한편, 디아블로가 티타노스를 두 손으로 붙잡아 머리 위로 들어 올렸다.

힘으로 상대를 완전히 제압한 디아블로는 자신의 두꺼운 어깨 위에 상대를 내려친 뒤 다시 들어 올려 팔에 힘을 가했다.

"내가 바로 악마왕, 디아블로다!"

잔뜩 팽창한 그의 붉은색 팔 근육 사이로 기계 부품이 우수수 떨어졌다.

하이엘바인이 바라보는 앞에서, 티타노스의 몸체가 좌우로 뜯겨 산산조각이 났다.

부서진 티타노스의 부품은 디아블로가 한 차례 휘두른 디아볼릭의 열기 속에서 수은처럼 변해 지글지글 끓었다.

티타노스의 완파를 목격한 헤파이스토스는 텁수룩한 앞머리를 손으로 눌렀다.

"잘했어, 아저씨."

지크가 디아블로를 향해 건들건들 걸어왔다.

"첫 싸움인데 추태를 보였소, 주인."

디아볼릭을 땅속에 넣은 디아블로가 쓴웃음을 지었다.

"그 정도가 추태면 난 옛날에 관 속으로 들어가 버렸을 걸?"

"인정하겠소."

그의 농담에 자극을 받은 지크가 팔꿈치 끝으로 디아블로의 무릎을 쳤다.

"이제 돌아가도 돼."

"아직 헤파이스토스와의 승부는 끝난 게 아니오."

그가 경험을 담아 충고했다.

"저 신을 우습게 보지 마시오. 하데스님께서 괜히 저자를 데리고 있었던 것이 아니외다."

"흠. 요리 솜씨가 좋아 보이진 않는데?"

"제대로 봤구려."

디아블로가 웃었다.

"온갖 방법을 동원하여 당신을 파멸시키려 할 것이오. 창조주들만큼이나 다양한 발명이 가능하기 때문에 제우스는 물론 하데스님까지 곁에 둔 자이니 말이오."

"……."

"불안하면 다시 나에게 맡기시오."

"저 거지 같은 놈은 내 몫이야."

지크가 목을 좌우로 움직여 관절을 풀었다. 뚜둑, 뚜둑 하는 소리가 맑게 들렸다.

"좋소. 부디 훌륭하게 끝내길 바라오."

디아블로의 발밑에 붉은색의 도형이 일어났다.

그 거대한 악마왕의 모습이 도형 아래로 서서히 내려갔다.

"이보게!"

미련없이 떠나려는 그의 귀에 하이엘바인의 목소리가 들려왔다.

"왜 왕이 된 건가, 소년이여!"

울 듯한 얼굴로 질문하는 그녀의 모습에 디아블로는 대답 대신 미지근한 미소를 지었다.

'도중에 그만두려고 몇 번이나 마음먹었습니다.'

그는 악마왕의 자리에 오르는 동안 겪었던 수많은 일들을 회상했다.

검과 몸싸움에만 익숙했던 그에게 정치적인 암투는 너무나 낯설고 냉혹하며 또한 힘든 일이었다.

같은 악마들끼리 다투는 것도, 선신계와의 접전도, 주신계의 개입도 너무나 피곤했다.

그런 식으로 왕이 될 바에야 차라리 작은 훈련소를 운영하며 어린 동포들에게 검을 가르치는 것이 나을 것 같았다.

그럴 때마다 그의 앞길을 재촉한 것은 하이엘바인 앞에서 감히 소리를 친 자신의 모습이었다.

'그때를 회상할 때마다 가슴이 두근거립니다. 저는 아직 소년이군요.'

처음에는 분명 자신의 동포를 위해 왕이 되려 했다. 그러나 하이엘바인을 만나고 그녀에게 자신의 꿈을 이야기한 후 그 계기는 달라지고 말았다.

그는, 그 붉은 피부의 소년은 반해 버린 그녀에게 왕으로서 인정받고 싶었다.

그러나 소년이 막상 마주친 현실은 그렇게 쉽지 않았다. 어질다고 해서, 강하다고 해서 될 수 있는 것이 왕은 아니었다.

왕이 된 이후 이어진 통치도, 그리고 정치도 마찬가지였다. 신경 쓸 것은 너무나 많았고 책임져야 할 것도 그만큼 컸다.

어느새인가부터 자신을 보며 웃던 하이엘바인의 모습이 그의 머릿속에서 지워졌다.

자신이 디아볼리우스가 아니라 악마왕 디아블로라는 사실을 깨달았을 때, 그는 꿈을 이뤘다는 기쁨보다는 더 이상 꿈을 꿀 수 없다는 상실감에 빠져 긴 시간을 보내야 했다.

소년은 더 이상 그곳에, 그리고 그 이후로도 존재하지 않았다.

"물어보잖아, 아저씨."

"음."

상념에 빠질 뻔했던 디아블로가 지크의 재촉에 고개를

혼들었다. 그의 큰 뿔이 아직 경기장에 남은 열기를 휘저었다.

"소년이 커서 사내가, 아니, 아저씨가 되면 불편해지는 것이 있소."

"뭔데?"

"체면이라오."

지크가 의아한 눈으로 보는 앞에서 디아블로는 생각한 것 중 단 한 단어도 꺼내지 못한 채 그대로 사라졌다.

하이엘바인은 두 손으로 난간을 짚은 상태로 그가 사라진 장소를 끝없이 지켜봤다.

"후우."

헤파이스토스가 자리에서 일어났다.

"제법 화가 나는군."

그 신이 지크를 향해 걸어갔다.

"또 불러낼 것은 없나? 지크 스나이퍼여."

"내 맘이지."

지크가 어깨를 으쓱했다.

"안심해. 디아블로 아저씨는 아니야."

"그렇다면 다행이군."

한참을 걸어가던 헤파이스토스의 뒤편으로 녹색의 연기가 솟아올랐다.

그것은 세 개의 굵직하고 긴 목을 지닌 거대 괴물의 모습을 빠른 속도로 구성했다.

　"이 자리에서 자네의 모든 것을 녹여 버리겠네."

　지크를 노려보는 헤파이스토스의 눈에는 진심 어린 살기가 도사리고 있었다.

CHAPTER 60
극광(極光)에 담긴 이야기들

지크는 헤파이스토스가 만드는 또 다른 괴물의 모습 대신 관중석을 봤다.

디아블로가 가장 크게 남긴 흔적 중에 하나가 바로 관중석의 모습이었다.

올림포스의 원령들로 잔뜩 채워졌던 관중석이 이제는 거의 텅 비었고, 드문드문 남아 있는 원령들은 존재를 유지할 힘을 잃었는지 모습도 희미했다.

'조용하네.'

경기장 바깥쪽 역시 안쪽에서 연달아 터지는 살기와 이

상 현상으로 인해 야생동물들이 모조리 도망치는 바람에 고요하긴 마찬가지였다.

너무 조용해서 음악이라도 듣고 싶다는 생각이 지크의 머릿속을 얼핏 스쳤다.

'그런 걸 마지막으로 들은 게 언제지?'

지루할 정도로 싸워왔음에도 불구하고 그의 정신 상태는 상당히 온전했다.

그가 지금껏 겪어온 수많은 사건과 경험은 그의 성격을 놀랍도록 차분하게 만들어주었다.

그 차분함은 듣는 즐거움에 대한 그리움조차 느끼지 못하게 했다.

정신적인 자극, 즉 혼란이나 공포, 환각, 우울함 등에 대한 저항 능력도 그에 한몫하고 있었다.

'막상 생각해 보니 한 곡이라도 듣고 싶네.'

그는 자신의 귓불을 만졌다.

'그리고 보니 그 아저씨가 소리에 대해서 물었었지?'

그는 점차 완성되어 가는 헤파이스토스의 하수인을 보며 그때를, 자신이 또 하나의 힘을 얻었을 때를 잠깐 떠올려 봤다.

*　　　*　　　*

"오랜만이군."

인사를 한 사람은 펑퍼짐한 흰 옷을 정갈하게 입은 검은 머리의 중년이었다.

눈매는 제법 매서웠지만 입가와 턱으로 이어진 검은색의 수염은 갓 올라온 솔잎처럼 탄력있고 싱싱했다.

"어른스러워졌네?"

그가 묻자 지크는 어깨를 으쓱하는 것으로 답을 대신했다.

디아블로와 결전을 앞둔 시점에서, 지크는 피엘의 도움과 선신계의 비밀스러운 허가를 받아 '그 남자'와 만날 수 있었다.

남자는 책상다리를 한 채 구름으로 이뤄진 드넓은 평야에 앉아 있었다.

지크는 붉은색과 검은색으로 이뤄진 갑옷을 입은 원숭이 괴인을 사이에 둔 채 그를 바라보고 있었다.

"당신, 날 정말 알아?"

"본래는 몰라야 하는 것이 정상이지."

그 남자가 하얀색의 목검을 손에 쥐며 일어났다.

"신선(神仙)의 반열에 오른 내가 설마 그렇게 간단히 기억을 조작당하리라고는 생각 못했어. 자존심이 상하기도

했지만 내가 인간세상에서 가지고 올라온 즐거운 추억들이
혹시 거짓이 아닐까 하는 걱정도 들더군."

그가 한숨을 쉬었다.

"두려울 정도야."

"나도 마찬가지야, 아저씨. 누구랄 것 없이 믿을 수가 있
어야지?"

지크가 입술을 비죽 내밀었다.

지크와 그의 인연이 시작된 시점은 지크의 시간으로 따
졌을 때 수천 년 전이었다.

리오와 슈렌을 만나서 자신의 능력과 '진짜 소속'을 알
기 전에, 그는 전 세계를 여행하며 온갖 무술을 경험했고
소위 '고수'라고 불리는 자들과 자주 대결했다.

기초적인 호신술만 겨우 알고 있었던 그였지만 그에게
부여된 신체 능력 자체가 워낙 탁월했기 때문에 제아무리
수십 년 동안 사람의 손길이 닿지 않는 음지에서 수련한 자
들이라 해도 그를 쉽게 이긴 자는 거의 없었다.

그러나 단 한 명만이 그에게 처절한 패배를 안겨주었다.

귀신을 상대하는 검술의 사용자라는 설명만 듣고 그의
집을 찾았던 지크는 물리적인 힘을 시작으로 모든 면에서
그에게 밀려 깔끔하게 패배하고 말았다.

지크는 자신에게 그 무술을 가르쳐 달라고 호소했으나

그 남자는 즉각 거부하고 지크를 집에서 쫓아냈다.

이유는 단 한 명의 후계자에게만 제대로 된 무술이 전승되는 전통 때문이었다.

분명 강렬한 경험이었으나 그 시간이 고작 1시간 남짓이었기에 지크는 그에 대한 기억을 점점 잃어갔고, 피엘이 그에게 자극을 주기 전까지는 완전히 잊고 말았다.

그리고 수천 년이 지난 뒤, 그는 그 남자와 다시 만나게되었다.

"어이, 어이."

감독관의 자격으로 그들 사이에 선 원숭이 괴인이 코웃음을 쳤다.

"고작 4,000년도 못 산 놈들 따위가 세상 다 살아본 듯이 주절거려? 못 들어주겠군."

흰 옷의 남자는 웃었고 지크는 인상을 구겼다.

"그러는 원숭이 아저씨는 대체 누군데?"

지크가 고글을 통해 눈총을 주자 그 원숭이 괴인은 허리에 두껍게 감고 있던 꼬리를 풀어 자신의 선홍색 머리카락을 긁었다.

"듣던 대로 무식한 놈이로군. 선신계를 수호하는 이 위대한 호법신, 제천대성을 전혀 모른단 말이야?"

지크가 가볍게 놀랐다.

"아저씨가 제천대성이라고?"

그러자 원숭이 괴인이 활짝 웃었다.

"후, 들은 적은 있나 보군. 어때, 직접 만나보니 멋있지?"

지크와 흰 옷의 남자 모두 바윗돌 같은 표정으로 그를 바라볼 뿐, 아무 말도 하지 않았다.

"원숭이 같다는 말은 안 할게."

"어이, 이미 했잖아?"

호법신, 제천대성이 꼬리 끝으로 지크의 가슴을 콱콱 찔렀다.

흰 옷의 남자는 제천대성의 장난을 멀거니 서서 받아내는 지크의 모습을 보고 다시 웃었다.

'그 햇병아리가 저렇게 성장하다니, 놀랍군.'

그는 지크를 툭툭 찌르는 제천대성의 꼬리를 봤다.

'저 꼬리 끝에 실린 충격을 막아낼 수 있는 자는 드문데 말이지.'

그냥 툭툭 치는 것 같아도 그 꼬리가 주는 충격 한 방이면 지형이 달라진다는 것을 그는 잘 알고 있었다.

지크는 그런 흉기를 정말 장난처럼 받아내는 중이었다.

'정면대결로 이길 방법은 없겠어. 모기 한 마리가 쇳덩어리에 박치기를 하는 꼴이겠지.'

그가 자조적으로 웃었다.

"그런데 제천대성이라면 머리에 금띠를 둘러야 하잖아? 나름대로 당신을 뜻하는 상징인데, 그건 어디다 팔아먹었어?"

지크가 자신의 이마를 쿡쿡 찌르며 물었다.

"그건 신계반란……."

금지된 말을 입에 담을 뻔한 제천대성은 두 손으로 자신의 불쑥 튀어나온 입을 막았다.

"아니, 신계혁명 전의 이야기야. 그냥 그렇게만 알아둬."

"아저씨도 사정이 많은가 보네."

"다 그런 것 아니겠어?"

제천대성은 쓸쓸하게 고개를 저었다.

"아무튼 안심하고 볼일들 봐. 여긴 선신계 천사들이 전혀 접근하지 못하도록 내가 손을 봤으니까."

"그래? 의외로 친절하네?"

"밑에 아무것도 안 달린 놈들이랑 똑같이 취급하지 말라고. 그놈들은 선신계의 일부일 뿐이야."

"전부인 척하잖아?"

"여어, 뭔가 좀 아네."

둘이 주먹을 쿡 부딪쳤다.

흰 옷의 남자는 그 시점에서 자신이 여기에 왜 나왔는지 둘에게 묻고 싶었다.

그의 심정을 뿌리치듯 제천대성이 신이 나서 계속 주절
거렸다.

"그래서 내가 놈들을 싫어하지. 천사들은 나뿐만 아니라
천상 출신의 호법신들과 사사건건 부딪치는 웃기는 놈들이
야. 격도 낮은 주제에 막 덤빈다고. 결국 울화통이 터져서
메타트론 녀석을 마구 혼내준 이후로는 좀 조용해졌지."

태고의 대천사장이자 라그나로크 대전쟁 때 으뜸으로 치
부되던 옛 영웅, 메타트론을 그렇게 언급한 제천대성의 모
습은 나름 자부심이 뚜렷해 보였다.

"이쪽 대장인 '제홉'에게 뭐라고 좀 하지 그랬어?"

지크가 묻자 제천대성의 불룩한 입에서 한숨이 터졌다.

"워낙 보수적인 양반이라……."

제천대성은 머리를 긁던 꼬리 끝으로 이번엔 턱 밑을 긁
었다.

"천상과 선신계는 다른 곳들과 달리 전쟁을 치르지 않았
어. 모두 '윤회와 전생의 법칙'에 따라 자신들에게 주어진
모든 시간을 소모하고 후세들을 이끌지. 그것이 우리의 전
통이야."

"흠."

"그 전통에 따라 가장 먼저 옥황상제님께서 자리에서 내
려오셨어. 그런데 그 와중에 문제가 발생한 거야."

"문제?"

"제홉님께서 등극하시고 우리들의 다음 세대인 천사들이 태어나는 와중에 나와 같은 옛 존재들의 전생이 멈춰 버렸어."

"멈췄다, 라……."

지크는 그 문제에 쉬프터가 개입한 것인가 의심해 봤다.

"자세하게 얘기해 줄 수는 없지만 아무튼 그랬어. 옛것들과 새것들이 공존하는, 매우 어정쩡한 상황이 됐지. 그러다가 하이볼크님이 찾아와서 새로운 세계를 위한 연합을 제안했고, 제홉님께서 그 제안을 받아들이면서 우린 라그나로크에 참가한 거야. 덕분에 나름대로 체계가 좀 잡혔어."

"호오."

몰랐던 사실을 알게 된 지크는 감탄했으나 제천대성의 표정은 썩 좋지 못했다.

"거기서 이 제천대성님이 생애 최악의 망신을 당했지."

"무슨 망신인데?"

"라그나로크의 마지막 전투인 발할라 공성전이었어. 말이 공성전이었지, 사실 단 한 명과 우리 모두의 대결이라서 그 누구도 나와 연합군이 그렇게 되리라고는 생각 못했거든."

당시 상황을 거의 모르는 지크와 흰 옷의 남자는 말없이 제천대성의 다음 이야기를 기다렸다.

하지만 제천대성은 한참 동안 말이 없었다.

"그렇게 됐다니, 뭐 어떻게 됐기에 표정이 그래?"

"그게… 어떤 계집아이 한 명한테 연합군이 막힌 거야. 오딘님이 항복을 선언하기 전까지는 그 누구도 멀쩡하게 발할라로 통하는 다리와 성문을 지나지 못했어. 끽해야 몸의 파편 정도?"

"대체 몇 명이 막힌 건데?"

지크의 질문은 제천대성을 더욱 힘들게 만들었다.

"일단 희생자만 억 단위야."

그 숫자에서 지크의 표정이 굳어졌다.

"그 싸움에서 살아남은 극소수가 현재 갖춰진 신계에서 빠짐없이 큰 자리를 차지하게 됐지. 메타트론 빼고."

"허어."

지크는 음성을 터뜨리며 감탄했다.

"지금이야 다들 그때의 악몽은 싹 잊고 떵떵거리지만, 지금 당장 다 불러다놓고 그때 얘기를 하면 아마 디아블로 빼고는 전부 똥오줌을 못 가릴 걸?"

"디아블로 아저씨는 왜 빼는데?"

"어, 그게… 뭐, 그런 게 있어."

제천대성이 말을 급히 둘러댔다.

"그렇군. 그렇게 강한 계집아이가 있었단 말이야?"

"아, 모르나?"

제천대성은 쉬프터라는 이름까지 들먹이며 여기까지 온 지크가 그 정도로 무식한 모습을 보이자 경악을 금치 못했다.

"몰라."

지크는 단언하듯 고개를 저었다.

당혹감에 빠진 제천대성은 지금 당장 피엘에게 연락하여 배달이 잘못 되었다고 항의를 해야 할지, 아니면 자신도 모르는 어떤 원대한 계획 속에 저 무식함이 포함된 것이니 잠자코 있어야 할지 판단하기 힘들었다.

"음, 아무튼 그 계집아이, 아니, '그분'에게 나도 만만치 않게 두드려 맞았어."

"그래?"

"맞고 멀쩡한 게 이 제천대성님의 위대한 점이야."

"……."

"다른 놈들은 더했어. 그분과 눈만 마주쳤는데도 정신붕괴로 자폭한 녀석까지 있을 정도였거든. 내가 특공대 선봉장으로 온 건지, 아니면 의무병으로 온 건지 헛갈릴 정도였지."

제천대성은 그때의 기억을 털어내려는 듯 고개를 마구

저었다. 얼마나 끔찍했는지 하이엘바인이라는 이름을 꺼내는 간단한 일조차 실행하지 못했다.

"자세한 얘기는 나중에 피엘에게 듣도록 해. 자, 그럼 시작들 하라고."

제천대성이 꼬리를 흔들며 뒤로 물러났다.

흰 옷의 남자가 실소를 지었다.

"짧은 얘기를 하기가 매우 힘들군."

"그러네, 아저씨."

지크도 멋쩍게 웃었다.

"그럼 시험에 들어가도록 하자. 지크 스나이퍼."

그가 말했다.

"본래는 나와 네가 실력을 겨뤄야 하지만 지금은 그 격차가 너무 큰 관계로 생략해야겠군."

그가 묘한 표정을 지었다.

"사실 네가 누구를 어떻게 상대하기 위해 내 힘을 가져가려 하는지 감이 잡히지 않아. 지금으로서도 신을 상대하기에 충분하고도 남는데 말이지."

지크는 말이 없었고 지크가 상대하려 하는 존재가 무엇인지 알고 있는 제천대성 역시 침묵을 지켰다.

"큰일인가 보군."

"제법."

"좋아."

큰일을 앞둔 사람의 마음이 어떻다는 것을 대충이나마 알고 있는 그 흰 옷의 남자는 팔짱을 끼며 물었다.

"질문은 단 하나야. 내 마음에 드는 답을 네가 하면 약속대로 내 힘을 주도록 하지."

지크는 그와 눈빛을 마주한 채 고개를 끄덕거렸다.

"받은 힘은 최대한 빨리 돌려줄게."

정말 돌려주겠다는 말은 아니었다. 그가 임하는 싸움은 처음부터 끝이 보이지 않는 나락이었다.

나름대로, 어설프게나마 자신의 각오를 밝힌 것에 지나지 않았다.

흰 옷의 남자는 같은 사내로서, 또 과거 큰 싸움을 했었던 존재로서 지크의 마음가짐을 어렵지 않게 느꼈다.

"돌려줄 필요는 없어."

그가 고개를 흔들었다.

"그 힘은 나에게 있어서 이미 지나간 사명이야. 지금의 네 입장과는 다르지."

"그렇게 미련이 없어?"

"없을 리가 있나?"

그가 샐쭉 웃었다.

"난 그 힘과 함께 많은 사람들을 만났고 성장했지. 그건 내 삶에 있어서 가장 빛나는 시간이었어. 하지만 그 힘은 엄밀히 말해서 내 것이 아니야."

그가 명확히 말했다.

"난 그저 가장 최근에 그 힘을 물려받은 자일 뿐이야. 선조님들과의 차이점은 소유한 시간이 좀 더 긴 것 정도지. 그렇다면 좋은 계승자가 나타났을 때 자신의 소임을 다하는 것이야말로 가장 이상적인 소유자로서의 도리가 아닐까?"

그는 자신의 생각과 입장을 지크에게 전달했다. 말을 맺는 그의 목소리는 떨리고 있었다.

"그럼 묻겠다, 지크 스나이퍼."

그의 목소리가 한층 더 무거워졌다.

"넌 사람들의 소리를 들은 적이 있나? 그리고 그때의 기분은 어땠지?"

지크는 그가 종잡을 수 없는 질문을 한다고 느껴 매우 화가 났다.

하지만 처음에만 그랬을 뿐, 그가 인간의 몸으로 거대한 적과 싸운 일이 있는 만큼 뭔가 짚고 넘어가야 할 문제가 분명히 있을 거라고 판단했다.

*   *   *

'정말 마음에 드는 대답을 해줬던 걸까?'

일단 힘은 받았지만 지크는 그 부분이 계속 마음에 걸렸다.

고민하는 지크의 머리에 물병이 날아왔다. 지크는 그것을 편하게 잡아 손에 거머쥐었다.

물병은 대기석 안에 있던 리오가 집어 던진 것이었다.

[잡생각을 심각하게 하고 있군.]

리오의 정신감응이 그의 머릿속에 들려왔다.

지크는 안심했다. 병을 여기까지 던질 수 있을 만큼 그가 회복되었음을 직접 확인했기 때문이다.

[집중하는 중이었다고.]

[그러시겠지.]

리오의 비웃음을 머릿속에 품은 채, 지크는 손에 쥔 물병을 앞으로 내던졌다.

흙을 빚어 만들어진 그 물병은 헤파이스토스가 방금 완성시킨 '작품'의 머리를 정확히 맞추며 깨졌다.

"새 장난감, 죽이는데?"

"마음에 들 것이네."

헤파이스토스가 제작한 것은 세 개의 긴 목을 가진 괴물이었다.

전체적인 생김새는 날개가 제거된 서룡족과 비슷했다.

높이만 따지면 방금 전 디아블로의 손에 의해 파괴된 티타노스와 비슷했다.

하지만 머리의 숫자와 몸의 길이, 그리고 부피에서 좀 더 압도적이었다.

몸 전체를 덮은 비늘과 갑각(甲殼)은 그 큰 몸집을 지탱하는 네 개의 다리와 마찬가지로 매우 튼튼해 보였다.

뒤에서 흔들리는 한 줄기의 꼬리 역시 그 끝에 달린 칼날, 혹은 송곳과도 같은 돌기들로 인해 매우 흉측했다.

몸과 연결된 세 개의 목은 두꺼웠고 머리는 생김새만 서룡족과 비슷했을 뿐, 눈에서부터 큰 차이가 있었다.

곤충들에게서 흔히 볼 수 있는 큰 겹눈이었다.

앞서 제거된 티타노스와는 달리 생명체의 냄새가 물씬 풍겼다. 또한 완성도 역시 높았다.

"자네의 능력에 맞춰 몇 가지 기능을 포함시킨 내 역작 중에 하나일세. 물론 내 입장에서는 자네가 한 말대로 장난감이네만."

"이름은 있어?"

"'히드라'라네."

"히드라라. 흔한 이름이군."

지크는 그렇게 빈정거렸지만 속으로는 제법 긴장했다.

'올림포스 신화 속의 히드라라고? 그게 헤파이스토스와 무슨 관계지?'

그 새로운 히드라의 등장은 지크의 동료들이 있는 대기석도 긴장시켰다.

"히드라……?"

그 이름을 읊은 하이엘바인은 과거 아폴론과 아르테미스가 끌고 나온 목 없는 히드라와 대결한 일이 있었다.

힘을 봉쇄당한 상태에서 싸운 것이라 고전하긴 했지만 생물의 범주를 한참 넘어선 히드라의 '효율적인 강력함'은 그녀에게 큰 인상을 남겼다.

"새로운 시대, 새로운 적에 맞춰 새롭게 만들었군."

제타가 소녀답지 않은 미소를 지으며 눈앞에 나타난 히드라를 평했다.

"히드라에 대해 알고 있소?"

하이엘바인이 조심스럽게 묻자 제타는 팔짱을 끼고 자리에서 벌떡 일어났다.

"어느 날, 헤파이스토스가 제우스에게 물었네."

마치 무대에 선 연극의 주인공 같았다.

"그는 생명체에 가까운 걸작을 창조하고 싶다고 말했지. 아들의 그 말을 듣고 제우스는 화가 났네. 그는 헤파이스토스가 영리하고 뛰어난 재주꾼이라는 것을 항상 인정했지만 자신이 갖고 있는 창조주의 권한까지 심심치 않게 침범하려 한다는 점 역시 알고 있었거든."

모두가 작은 제타의 이야기에 귀를 기울였다. 리오도 물을 마시려다가 병을 소리없이 내려놓았다.

"헤파이스토스는 제우스에게 히드라의 모든 것을 밝혔네."

그 소녀의 목소리가 좀 더 웅장해졌다.

"히드라는 그저 큰 덩치와 좋은 힘을 가진 멍청한 존재가 아니었네. 뭉치면 액체로 보일 만큼 작은 입자를 이용해 신들의 위대한 이야기, 즉 신화를 더욱 풍부하게 가꿔줄 대단한 재미 요소라고 헤파이스토스가 설명했지."

히드라와의 전투에서 그 작은 입자가 가진 무서움을 체험했던 하이엘바인은 한층 더 이야기에 집중했다.

"히드라가 생산하는 그 입자는 설명 이상으로 막강했네. 신조차도 감염시키고 부식시킬 수 있는 독성을 가진 데다가 그 능력을 방어에도 적용시킬 수 있었지. 그 입자들을 바탕으로 히드라는 제우스의 수많은 자식들 중 가장 뛰어난 싸움꾼이라고 할 수 있는 헤라클레스마저 압도했다네. 편리하게 말이야."

"……."

"이후 한 번 더 히드라에게 도전한 헤라클레스는 지혜를 이용해 히드라를 제압할 수 있었네. 그 훌륭한 신화를 만든 가장 큰 존재가 된 헤파이스토스는 히드라의 대량생산을 제우스에게 제안했다네."

"대량생산?"

하이엘바인이 그렇게 놀란 이유는 '생산'이라는 말이 붙는 시점에서 히드라는 '신화의 일부'라는 달콤한 범주를 떠나 살육을 위한 무기가 되어버리기 때문이다.

"언젠가 올림포스 그 자체를 노리고 이 세상에 나타날지도 모를 적들을 상대하기 위한 병기로서 말이네."

리오가 고개를 돌려 그 소녀를 봤다.

'헤파이스토스가 쉬프터에 대해 알고 있었다고?'

그는 그런 느낌이 들었다.

"하지만 제우스는 거절했지."

"그분은 어째서 거절하셨소?"

하이엘바인이 물었다.

"제우스는 자신의 창조물인 헤라클레스가 헤파이스토스의 창조물인 히드라에게 한 번이나마 당한 것을 좋게 받아넘길 만큼 대범한 자가 아니었거든. 후후."

제타가 쓴웃음을 지었다.

"헤파이스토스는 제우스의 뜻에 따라 히드라를 더 이상 생산하지 않기로 약속했네. 그런데 더 강력한 히드라를 만

들어두었다니……. 아무래도 제우스가 헤파이스토스에게
느꼈던 그 찝찝함이 현실이 되는 것 같군."

제타가 대기석의 난간으로 위치를 옮겼다.

"처음에는 두목의 말을 농담처럼 들었다네."

그녀는 경기장 한가운데에서 히드라와 대치한 지크를 보
며 조금 다른 미소를 지었다.

"이 별의 천공은 갓 태어난 아이일세. 천공을 주관하는
신이 없으니 더욱 본능적이지. 하지만 그 갓난아이가 저 남
자를 사랑해 주었다네."

"……."

"저 정도라면 그 어떤 천공과 바람이라도 저 남자를 사랑
하겠지."

피엘은 키르히의 세계에서도 지크가 대기를 마음대로 조
작한 일을 떠올렸다.

'그래서 그때도…….'

지크는 바람을, 천공을 조작한 일이 없었다. 그가 바라는
대로 천공이 따라주었을 뿐이다.

천공이라는 개념과 지크라는 개인이 법칙의 장벽을 넘어
마치 친구처럼 교감하고 있었다.

'넘어섰군요. 지크님.'

피엘은 리오뿐만 아니라 지크마저 자신의 예상을 완전히

뛰어넘고 있었음을 그제야 깨달았다.

"과연 두목이 뒷일을 맡긴 남자답군."

제타의 감탄을 들은 하이엘바인은 생각에 잠겼다.

'그가 농담을 할 리는 없어.'

그녀는 자신이 읽었던 그의 치열한 생애를, 그리고 극도의 좌절을 떠올렸다.

만약 자신이 그 지옥과 같은 일을 겪었다면 모든 것을 저주했을지도 모른다.

소모품으로서의 1,000년은 아무리 신족인 그녀라 해도 쉽게 받아들일 수 없는 현실이었다.

오딘의 항복 후 아스가르드가 멸망할 때도 그녀는 감정의 동요가 없었다. 자신들의 패배를 신족으로서 멋있게 받아들였을 뿐이다.

같은 멸망을 겪었으면서 그와 그녀의 가슴에 서린 온도는 달랐다.

그 열기의 차이가 그녀를 혼란스럽게 만들고 있었다.

'그는 나처럼 껍데기가 아니야.'

또 한 번의 눈물이 그녀의 눈동자 밑에 고였다.

아스가르드가 멸망할 때도 건조했던 그녀의 눈이 오늘만 벌써 두 번이나 촉촉해졌다.

더불어 좌절감이 그녀의 어깨를 눌러 늘어뜨렸다.

그때, 리오의 큰 손이 제타의 갈색 혁대를 붙들었다.

"알았으니 앉으라고. 안 보이잖아?"

그는 물건을 들듯 제타를 들어 자신의 옆자리에 앉혔다.

소녀는 붙잡힌 혁대를 만지작거리며 그 붉은 장발의 남자를 봤다.

"꽤 능숙하게 여자아이를 다루는군."

"음, 이상한가?"

"아니, 의외일세."

"내 동생이 딱 너 정도 몸집이었어."

그는 제타를 붙잡았던 자신의 오른손을 봤다.

"처음에 그렇게 붙잡았더니 아프다고 울고불고, 정말 난리였지. 사람 목을 꺾던 손으로 여자애의 허리띠를 그렇게 잡았으니 아플 수밖에 없었을 거야."

그가 웃었다.

"처음에는 걱정이었는데 뒤로 갈수록 익숙해졌지. 결국 아프지 않게 붙잡는 법을 알게 된 거야. 사람 죽이는 것보다 어렵더군."

"희한한 사내로군."

제타가 고개를 갸웃했다.

"여자아이라면, 게다가 동생이라면 안아주어야지 왜 그렇게 물건을 들듯 들었는가?"

"아."

변명하듯 한마디를 내뱉은 그는 이윽고 웃었다.

그의 형상은 항상 악귀였다.

검은 옷을 입고, 피를 바른 듯한 붉은 장발을 휘날리며 적을 대하는 그의 모습은 악귀라는 개념을 한참이나 초월할 만큼 살기등등했다.

헬리오스를 격살할 때는 증오의 화신처럼 보이기까지 했다.

그러나 지금, 동생에 관한 이야기를 하기 전에 그가 보인 표정은 점잖고 상냥했다.

"낯설었거든."

"낯설었다고?"

"그 전까지 내가 기억하는 남의 체온은 동맥에서 터져 나에게 쏟아진 핏물의 온도 정도였지. 종족마다 온도도 다르고 끈적임도 달라서… 뭐, 좀 그랬지."

오싹한 이야기였으나 그 자리에서 그에 반응하는 사람은 없었다.

모두 그런 것에 익숙한 자들이었기에 지금 리오가 하는 이야기는 오히려 불필요하게 긴 설명일 뿐이었다.

"그래서 남과 살을 맞댄다는 게 얼마나 놀라운 일인지 전혀 알지 못했어. 그래서 그 애를 안아줄 수가 없었지."

"의외로 겁이 많았군."

"내가 알고 있던 세계관이 깨져 버릴 것 같았거든."

"섬세한 척을 하긴."

"인간 이상의 존재부터는 섬세하게 죽여야 해."

리오는 자신이 헬리오스를 어떻게 분쇄했는지 모르는 사람처럼 말했다.

"처음에는 안아주는 것도 정말 힘들었어. 별의별 꼬락서니를 한 놈들과 다 만나봤는데도 그렇게 무서웠던 적은 없었지. 잘못 안았다가 어디 다치기라도 하면 큰일이잖아?"

"흠, 그리고?"

제타가 두 팔꿈치를 리오의 허벅지에 올려놓은 후 손에 턱을 괴었다. 마치 주인 위에 몸을 걸치고 재롱을 부리는 고양이 같았다.

"좀 익숙해진 다음에 목마를 태워줄 수 있었어. 그 애의 다리에서 내 목에 전해지는 느낌이 정말 좋았지."

"그때도 겁이 났나?"

"아냐. 처음에 겁을 낸 쪽은 내 동생이었어."

"어째서?"

"고소공포증이라나?"

"큭."

웃음을 터뜨린 사람은 키르히였다.

"그렇게, 서로 익숙해져 갔지."

리오의 이야기는 거기까지였다.

"어, 선생? 거기서 끝이야?"

키르히는 다음에 이어질 이야기를 기대했다. 뭔가 좀 더 행복한 이야기가 계속 될 것 같았기 때문이다.

하지만 리오는 한참 동안 이야기를 하지 않았다.

"음. 끝."

"뭐야, 그게."

사정을 모르는 키르히는 실망감을 감추지 않았다.

이야기가 왜 그 부분에서 끝나야 하는지 알고 있는 피엘은 안경의 다리만 만지작거렸다.

본의 아니게 그녀와 마찬가지의 입장이 되어버린 하이엘바인은 더 침울한 표정이 됐다.

대기석에서 계속 들려오는 그 '소리'를 가만히 듣고 있던 지크는 숨을, 이 행성의 천공을 천천히 들이마셨다.

'다시 함께 싸워다오, 천공이여.'

그는 자신의 눈앞에서 아가리를 열고 독기를, 신이 만든 분쇄병기를 퍼뜨리기 시작하는 히드라를 올려다봤다.

'저 다음에 이어질 이야기를 녀석에게 만들어주자고.'

그가 숨을 내뱉었다.

손아귀 속에서 돌풍이 일어났다. 그 바람은 한 자루의 늘

씬한 도검으로 변해 그의 손에 잡혔다.

헤파이스토스가 그의 칼, 무명도를 보고 웃었다.

"전혀 물러서지 않는군?"

"내가?"

헤파이스토스의 뒤쪽에서 소리가 들렸다.

무명도에 몸을 꿰뚫린 신의 육체가 위로 번쩍 들렸다.

"여기서 죽이진 않을 테니 안심해."

"컥……!"

헤파이스토스의 입에서 비명이 터졌다.

'내 결계가… 방어 체제가?'

단숨에 뚫렸다.

상대가 지금처럼 자신을 노리고 기습할 것을 어느 정도 예상하고 있었던 그는 히드라의 제작을 끝내자마자 자신의 모든 힘을 방어에 집중했다.

그러나 무의미했다.

'6만 겹 이상의 결계를 깔아뒀을 텐데?'

그의 몸에서 무명도를 뽑아낸 지크는 다시 칼을 휘둘러 헤파이스토스의 두 다리를 잘랐다.

타의에 의해 드러누운 헤파이스토스의 얼굴에 잘린 두 다리가 떨어졌다.

지크는 그것들을 걷어차서 신의 시야를 확보해 준 뒤 그의 머리카락을 왼손으로 잡아 뜯듯 들었다.

"눈 뜨고 잘 보라고."

헤파이스토스의 시야에 큰 물체가 날아가는 것이 들어왔다.

응축된 대기의 커다란 주먹에 히드라가 얻어맞아 경기장을 굴러다녔다.

"장난을 책임 질 나이잖아. 안 그래?"

"너무 얕봤군."

헤파이스토스의 몸과 잘린 다리들이 한 차례 흙먼지로 분해되었다.

분해된 신의 육체는 조금 먼 장소에서 재구축되어 본래의 모습으로 돌아왔다.

"큭!"

그는 신음하며 배를 만졌다.

육체를 완전히 분해한 후 재구성했는데도 불구하고 무명도가 남긴 관통상은 그의 몸에 여전히 남아 있었다.

신이니만큼 아무것도 흘러내리지 않았지만 통증은 신마저도 느낄 만큼 강했다.

재구축을 능가할 만큼 충격의 여력이 강력했던 것이다.

'무기의 날카로움과 물리력만으로 날 이렇게 만들었단 말인가?'

그는 자신에게 가해진 공격을 분석해 봤다.

바람의 힘이나 전기와 관련된 힘 따위는 섞여 있지 않았다. 그냥 엄청나게 빠른 속도와 힘이 무명도의 날카로움에 더해진 것이었다.

그 위력은 헤파이스토스와 같은 최상급 신이 사용하는 물리력 저항 결계와 신체 구축 능력까지 무시할 정도로 강력했다.

'거의 원한이나 마찬가지로군.'

그저 그런 용모의 헤파이스토스가 쓴웃음을 지었다.

"나에게 관심을 둘 틈을 주면 안 될 것 같군."

지크에게 얻어맞고 날아간 히드라의 몸 전체가 전류를 내뿜었다.

그 전류의 형태가 깊은 포물선을 그리며 경기장을 가로지르고는 지크와 헤파이스토스 사이에 떨어졌다.

전류는 이윽고 또 한 마리의 히드라로 변했다.

"한 번 완성한 것을 또 하나 만드는 것은 간단하지."

헤파이스토스는 지크에게 당한 복부를 움켜쥔 채 뒤로 물러났다.

"더구나 대량생산을 목적으로 만들어졌으니 복잡하지도 않아."

"뭔가 대단한 걸 두 개나 만들었다고 자랑하는 모양새

로군."

"아직 그 대단함을 느껴본 적도 없지 않나?"

두 마리의 히드라에게 붙어 있는 여섯 개의 머리에서 일제히 뿜어졌다.

지크는 자신의 곁에 헤파이스토스가 있는데도 불구하고 그렇게 과감히 공격하는 적들의 생각을 이해할 수 없었다.

'뭐야, 저놈들!'

지크가 바람을 헤치며 그 자리에서 사라졌다.

히드라들의 새카만 독액이 헤파이스토스의 온몸을 덮쳤다.

어느새 히드라들의 뒤편에 나타난 지크는 그 홍수와도 같은 독액 속에서 느껴지는 헤파이스토스의 느낌에 경악했다.

'살아 있다고?'

신이어서 살아 있는 것 같진 않았다.

독액의 분출이 끝난 뒤, 옷의 실밥조차 썩지 않은 헤파이스토스가 자신이 미리 만들어두었던 의자를 향해 절뚝절뚝 걸어갔다.

"수고하시게, 지크 스나이퍼."

방금 지크가 눈으로 본 그 광경은 그에게 수많은 생각을 하게끔 만들었다.

'액체? 아니, 액체의 모양을 한 다른 물체인가?'

고민하는 그의 정신 속으로 제타의 목소리가 카랑카랑하게 들렸다.

[멍청한 놈! 대체 뭘 들은 건가!]

화가 난 아동의 목소리를 그다지 좋아하는 편이 아닌 지크는 인상을 쓰며 히드라의 독을 피했다.

[제길, 무슨 소리야!]

[아까 내가 말했지 않나! 히드라의 독은 액체가 아니라 액체처럼 보일 만큼 작은 입자다! 게다가 인공물질임에도 불구하고 적응 능력이 뛰어나서…….]

소녀의 조언을 무시하듯, 지크의 고글 안쪽에서 눈빛이 터질 것처럼 빛났다.

[알았으니 닥쳐!]

경기장 상공에 대량의 전류가 일어났다. 전류의 줄기 하나하나가 바다에서 발생하는 용오름처럼 두꺼웠다.

하늘 전체를 밝힌 그 전류들이 지크의 왼손으로 한꺼번에 떨어졌다.

더불어 대기석의 크기 정도의 큰 바위가 지면에서 솟아올랐다.

지크의 왼손에 모인 전류가 바위를 감쌌다.

그 전류의 강력함으로 인해 경기장 내에 있는 대부분의

쇠붙이들이 경기장 쪽으로 튀어나가 경기장과 관중석 그 사이를 가로막고 있는 결계에 달라붙었다.

이윽고 바위가 경기장 전체를 밀어낼 듯한 기세로 발사되었다.

지크가 만든 전자파에 의해 가속된 그 바위 덩어리를 눈으로 목격한 자는 극소수였다.

무엇보다 발사 속도가 무려 광속의 4할이었다.

그 위력을 증명하듯 발사 직후 경기장의 결계 절반과 그만큼의 건물들이 일제히 날아갔다.

지크는 왼손을 쥐어 손바닥에 남아 있는 전류의 여력을 꺼뜨렸다.

이것으로 두 마리 중에 한 마리는 잡았을 것이다.

하나 그것은 지크의 오산이었다.

초현실적인 파괴력의 공격을 맞았음에도 불구하고 헤파이스토스를 지키는 히드라의 몸뚱이는 멀쩡했다.

지크가 발사한 전자파 가속 탄환은 히드라의 몸에 닿기 전에 히드라가 미리 주변에 깔아놓은 안개의 완충작용으로 인해 하늘로 솟아오르고 있었다.

대기마찰의 불꽃을 뿌리며 사라지는 탄환의 모습은 그 화려함만큼이나 지크의 속을 끓게 만들었다.

"니벨룽겐리트마저 저 입자에 막혔지."

하이엘바인이 중얼거렸다.

그녀는 과거, 히드라와 싸웠던 경험을 떠올렸다.

"그래도 혹시나 했지만……."

하이엘바인이 상대했던 히드라는 목이 잘려 수리가 필요한 고대의 유물이었다.

그 유물과 신품은 역시나 달랐다.

어찌 됐든 일격에 끝날 것이라고는 생각지 않았던 하이엘바인은 히드라를, 그것도 두 마리를 쓰러뜨릴 방법을 생각해 내기 위해 애를 썼다.

히드라의 뒤편에서 지크의 공격을 구경할 수 있었던 헤파이스토스는 식은땀을 닦는 것조차 잊었다.

'광속의 4할이라고?'

그는 놀라움을 건디지 못하고 헛기침을 했다.

'준비 시간이 거의 찰나에 가까웠는데 저만한 힘을 발동시켰단 말인가? 대체 어떻게?'

만약 사용한 탄환이 바위가 아니라 강철, 혹은 그 이상의 강도를 가진 물체였다면?

헤파이스토스는 그 결과를 생각하기조차 싫었다.

반면 지크는 히드라들을 쓰러뜨리기 위해 꾸준히 생각했다.

적은 상당히 강했다.

수만 개의 눈이 모여 만들어진 겹눈은 자신의 동작 하나 하나를 세심히 읽었다.

방어 능력은 자신의 초전자 가속탄을 문제없이 막아낼 수 있는 수준이었다.

게다가 공격 능력은 미지의 공포였다.

"철저한 섬멸이 필요하겠군."

헤파이스토스의 좌우에 선 히드라들이 다시 한 번 전류 의 형태를 띠더니 이번에는 네 마리로 불어났다.

네 마리의 히드라가 일제히 독을 뿌렸다.

그 독의 살아 있는 입자는 지면을 새카맣게 부식시켰다.

지크는 시험 삼아 손가락을 튀겨 한 줄기의 전깃불을 던 졌다.

그를 조여드는 독의 안개는 그 전깃불조차도 간단하게 부식시켰다.

시작은 그때부터였다.

세 개의 머리를 단 네 마리의 히드라가 단숨에 입김을 뿌 렸다.

입김이 닿고 긁히는 족족 경기장의 결계들이 사라졌다.

돌을 깎아 만든 관중석도, 관중석에 앉아 희미하게 형태 를 유지하던 원혼들도 독에 의해 부식되고 분해되었다.

지크는 동료들이 있는 대기석에 대한 고민 없이 고속으

로 움직였다.

누가 됐든 간에 공격을 막아줄 거라는 믿음 내지는 무책임함이었다.

헤파이스토스와 히드라들의 무차별적인 공격은 같은 편인 아테나까지도 분노케 만들었다.

[자중하십시오, 헤파이스토스님! 전투와 관련이 없는 자들까지 휘말리게 하실 생각이십니까?]

새로 의자를 만들어 그 위에 앉은 헤파이스토스는 아테나가 있는 대기석 쪽을 봤다.

[이 행성에 발을 들여놓은 이상 관계없는 자는 없습니다, 아테나님.]

[헤파이스토스님!]

아테나가 격분하는 가운데, 지크는 자신들의 대기석을 흘끔 봤다.

다행이도 공격은 피엘이 어렵사리 막아내고 있었다.

직접 꽂히는 공격이었다면 그녀라 해도 어려웠겠지만 긁고 지나가는 공격이었기에 가능한 일이었다.

'어디까지 막아낼지 모르겠네.'

지크는 문득 자신을 노리는 입김의 빈도가 점점 더 잦아진다는 사실을 깨달았다.

네 마리의 히드라는 어느새 거리를 좁힌 채 각도와 발사 속도를 맞춰 그를 압박하고 있었다.

맹독의 입김이 그의 어깨를 가볍게 스쳤다.

하이볼크의 힘에 보호되는 그의 가죽재킷이 불에 닿은 종이마냥 새카맣게 타들어가 그 기능을 상실했다.

손상되면서 상실된 복구 기능도 마찬가지였다.

독의 위력은 예상 이상이었다.

직접 닿는 것도 위험하지만 스치더라도 맹독을 구성하는 입자들이 퍼지면서 부식 부위를 넓히고 부식의 속도를 가속화했다.

방어 능력 역시 한때 하이엘바인이 겪은 것 이상으로 강력했다.

액체나 다름없는 그 특성 때문에 베는 것은 불가능했고 바람을 이용한 공격 역시 밀려 들어오는 맹독의 다양한 각도로 인해 오랫동안 버티기가 어려웠다.

폭풍을 타고 들어올 때는 지크마저 놀랄 정도였다.

'벌레들처럼 공기를 타고 비행하는군.'

전기에 의한 충격도 입자의 밀도와 배치 간격을 교묘하게 바꿔 훌륭하게 방어해 냈다.

히드라는 그 상태로 지크를 밀어붙였다.

그와 같은 경우를 한 번 겪은 일이 있던 하이엘바인은 두 손을 맞잡고 그 관절 위에 이마를 댔다.

'어찌하면 좋은가?'

그때 그녀는 목숨을 걸고 궁니르를 불러내어 승리를 거두었다.

그러나 지크에겐 궁니르처럼 '사기적인' 무기 따윈 존재하지 않았다.

고민하기는 지크도 마찬가지였다.

'어려워지는데, 이거?'

히드라가 계속해서 지크에게 접근했다. 으르렁거리며 다가오는 폼이 기계라고 보기 힘들었다.

헤파이스토스는 히드라들의 뒤편에 멀찌감치 선 채 히드라의 입김에 부식될 지크의 모습을 지그시 웃으며 상상하고 있었다.

공기의 장벽 등으로 광선에 가까운 히드라의 입김을 막아내던 지크의 좌우로 입김들이 스쳐 지나갔다.

근육의 손상이 일어날 정도로 날카롭고 아슬아슬한 공격이었다.

문제는 거기서 끝나지 않았다.

히드라들이 뿌려대던 입김이 사라지지 않고 경기장을 가스실처럼 채우고 있었다.

지크의 온몸에 부식이 일어났다. 처음에는 재생 속도가 부식 속도를 능가했지만 히드라가 뿌려대는 입자들의 농도가 짙어지면서 그 속도가 역전되었다.

"자네가 아무리 하이볼크의 피조물이라 해도 히드라의 힘은 제우스의 피조물, 헤라클레스까지 입도할 만큼 강력하지."

헤파이스토스가 자랑스럽게 말했다.

"자네들은 죽으면 3개월 뒤에 다시 나타난다고 하지? 그렇다면 3개월 뒤에 보세, 지크 스나이퍼."

그의 비웃음 소리가 지크의 타들어가는 고막을 괴롭혔다.

'맨몸으로 버틸 상대가 아니군.'

그는 리오가 있는 대기석을 의식했다.

'비장의 카드는 없다, 라고 했지?'

결심한 지크는 왼손을 들었다.

손 전체의 피부가 부식되면서 연기가 피어올랐다.

그릇을 받치듯이 펴진 그의 손가락과 손바닥 사이에서 황금색의 빛이 솟아올랐다.

헤파이스토스는 그 기습적인 힘의 성질을 대번에 읽었다.

'선신계의 힘? 안전주문의 해제가 아니라?'

직감적으로 위험함을 느낀 헤파이스토스가 오른손을 지크에게 뻗었다.

히드라들의 입김이 일제히 지크에게 집중되었다.

짙은 보라색의 입김이 거침없이 대기를 불태우며 직진했다.

순간 지크의 앞에 검은색의 물체가 나타났다.

입김들은 그 물체에 닿자마자 사방으로 퍼져 경기장을 부식시켰다.

나타난 물체는 두 개의 바퀴가 달린 검은색의 기계였다.

경기장 전체가 침묵에 잠겼다.

헤파이스토스는 물론 모든 이들이 그 돌발 상황에 의아해했다.

"그건… 탈것인가?"

"비슷해."

부식되던 지크의 몸 전체가 서서히 재생되었다.

"디아블로 아저씨보다는 낫네. 그 아저씨는 무식해서 이게 탈것인지, 실 짜는 기계인지도 몰랐거든."

지크의 앞에 나타난 기계가 하얀색의 찬란한 빛을 뿜었다.

그 빛은 하늘을 꿰뚫고 저 멀리 올라갔다.

헤파이스토스는 그 빛의 성질을 분석해 봤다.

'선신계만의 힘이 아니야. 기본 성질만 선신계의 것일 뿐, 내부는 주신계의 아리스톤으로 채워져 있군. 그것도 내가 본 적이 없는 순도의 합금으로!'

순간, 지크의 앞에 놓인 기계가 터지듯이 부품 단위로 분해되었다.

사방으로 튀어나가려다가 멈춘 부품들은 행성을 둘러싼 위성들처럼 지크의 주변을 잠시 부유하더니 그를 향해 우르르 돌진했다.

부품들은 달리기 위한 형태를 버렸다. 하나같이 싸움을 위한 형태로 바뀌었다.

지크의 얼굴, 몸, 두 팔과 다리 등이 그 검은색의 탈것을 가득 채웠던 부품으로 뒤덮였다.

작은 기계부품들이 회전하고 그 사이에 전류가 흘렀다. 피부 위에 부품들이 덮이는 것인지, 피부 그 자체가 부품으로 바뀌는 것인지 분간에 안 될 정도로 빠른 속도였다.

마지막으로 탈것의 검은색 외장이 그 위를 갑옷처럼 감싸 형태를 마무리 지었다.

그 최종적인 모습은 갑옷, 아니, 기계로 된 인간처럼 보였다.

그가 지크였다는 것을 증명하는 물건은 그가 항상 쓰고 있던 고글뿐이었다.

고글의 안쪽을 푸른빛이 가득 채웠다.

"시류지(時流之) 변환갑(變幻甲) 장착자. 검은색의 신선(神仙)."

지크의 두 팔뚝에서 회오리바람이 치솟았다.

그가 원래 사용하던 무명도와 '현재의 지크'에게서 받아온 무명도가 두 팔뚝에서 바람을 헤치며 솟아올랐다.

칼자루가 손 쪽으로, 칼집이 팔뚝에서 어깨 쪽으로 길게 뻗은 것이 꼭 사마귀의 앞다리가 거꾸로 붙은 것처럼 보였다.

"줄여서 흑선(黑仙)이라고 하지."

지크의 고글에서 푸른 안광이 연기처럼 번져 올라왔다.

경기장 바닥을 굴러다니던 바퀴 두 짝이 지크의 등 뒤에 달라붙어 폭풍을 일으켰다.

지크는 그 힘으로 날아올라 히드라들의 머리 쪽으로 움직였다.

＊　　　＊　　　＊

"흑선?"

지크가 상대의 마음에 드는 대답을 하고 힘을 받은 직후였다.

"그래, 흑선. 제법 멋진 이름이지?"

흰 옷의 남자는 자신의 그 젊은 날의 추억을 자랑스레 이야기했다.

"더 멋진 걸 보여주지."

흰 옷의 남자는 두 개의 바퀴가 달린 이륜차를 불러냈다.

지크는 그 이륜차의 통상적인 이름을 알고 있었다.

"오토바이?"

"후후. 그 이름, 오랜만에 듣는군."

"……."

지크는 상대가 첫인상과 달리 희한한 성격의 소유자일지도 모른다고 생각했다.

"이 오토바이랑 그 흑선이라는 게 무슨 관곈데?"

"일종의 연결고리라고 할 수 있지."

"연결고리?"

"혹시 어렸을 때 본 적 없어? 뭔가 멋진 옷을 입고 악당들과 싸우는… 뭐 그런 것 말이야."

"오, 자주 봤지. 덕분에 친구들이랑 이상한 문제로 싸운 적도 많아."

"이상한 문제?"

"여자들이 입는 속옷도 바뀐다는 패거리랑 아니라는 패거리로 나뉘었거든."

"뭐라고?"

흰 옷의 남자가 흠칫 놀랐다.

"그건 미처 생각 못했군."

그가 수염이 난 자신의 턱을 만졌다.

"진짜 속옷도 바뀔까?"

"몰입하지 마, 아저씨."

지크와 제천대성이 그 남자를 측은하게 지켜봤다.

"흠! 으흠!"

헛기침으로 자신의 집중력을 높인 그 신선은 다시 이야기를 시작했다.

"본래 흑선이 되려면 단제팔주원령(檀製八珠圓鈴)이라 하는 물건이 필요하지. 단군이라는 존명의 우리 조상께서 만드신 둘도 없는 보물이야."

"호오."

그 남자가 속한 민족과 전혀 상관이 없는 지크는 고개를 끄덕이는 것으로 반응을 대신했다.

"단군께서는 하늘과 땅을 이어주는 물건으로서 팔주원령을 만드셨는데, 넌 팔주원령 없이도 흑선이 될 수 있어."

"그래? 어째서?"

"애초부터 하늘과 연결된 존재잖아. 굳이 팔주원령을 쓸 필요는 없지."

흰 옷의 남자가 팔짱을 꼈다.

"하지만 그만큼 문제점도 있어."

"뭔데?"

남자는 이륜차, 아니, 오토바이의 핸들을 손으로 만졌다.

"이 물건은 어디까지나 인간이 사용하도록 만들어진 물건이야. 내가 이 물건을 마지막으로 사용할 때도 내 힘을 견디지 못해 대파될 뻔했지."

"그래?"

지크는 상대가 예상 외로 강력한 존재였음을 어렴풋이나마 알 수 있었다.

"내가 입었을 때도 그 정도였으니 지금의 네가 걸친다면 아마 가루가 될 거야. 코끼리가 청바지를 입은 꼴일 테니까."

"흠."

이야기를 듣고 가만히 생각하던 지크는 이윽고 어깨를 으쓱했다.

"어쩌라고?"

"후후, 물론 그에 대한 대비책은 마련되어 있어. 주신계에서 너에게 맞춰 이 갑옷을 강화시켜 줄 거야. 피엘 플레포스 비서관과 오딘님께서 준비를 단단히 하고 계시더군."

"그래도 좀 불안하긴 하지만 말이지."

옆에서 듣고 있던 제천대성이 한마디 거들었다.

"아무튼 기대하마. 지크 스나이퍼."

흰 옷의 남자가 자신보다 조금 더 키가 큰 지크의 어깨를 툭툭 쳐 주었다.

"모든 사악함을 부수고 압도해 버리라고. 설령 그게 신이
라 할지라도."

"사악함의 기준은?"

"그거야 네가 정하는 거지."

남자가 웃었다.

"그게 바로 흑선의 기준이기도 해."

*   *   *

"뭐가 흑선이냐!"

당혹감에 빠진 헤파이스토스가 고함을 질렀다.

히드라들의 입김이 지크를 향해 집중됐다.

지크는 두 팔을 교차하여 입김을 정면으로 받아냈다.

"사악함을 부수고 압도한다!"

선신계의 힘과 아리스톤의 힘이 조화되어 발휘된 특별한
방어 능력이 히드라의 입김을 이루는 입자들을 분해시키고
그 궤도를 꺾었다.

"그것이 흑선!"

지크가 두 팔을 풀자 히드라들의 입김들도 터지듯 흩어
졌다.

그뿐만이 아니었다. 경기장 안을 가득 채운 히드라의 부식 입자들이 지크의 갑옷에 완전히 막혀 아무런 영향을 끼치지 못했다.

지크의 귀에 소리가 들려왔다.

자신의 모습에 놀라거나 기뻐하는 친구들의 소리, 경악하여 혼란에 빠진 상대방의 소리.

사실 상대방의 소리는 별로 듣고 싶지 않았다. 들어봤자 좋은 소리도 아니거니와 칭찬이나 인정은 단 한마디도 섞여 있지 않았다.

하지만 친구들의 소리는 달랐다.

손상된 고막은 아직 재생이 덜 됐다. 하나 그 소리는 제대로 들리지 않는데도 불구하고 그를 일깨워 주었다.

'그리고 나로 하여금 이기게 만들어주지.'

지크가 두 팔을 올렸다.

팔뚝 보호대 아래의 작은 구멍에서 쇠사슬이 길게 흘러나왔다.

그 구멍에서 나온 사슬의 길이는 팔뚝의 두께와 길이를 봐서 도저히 나올 수 없는 길이였다.

그것이 그가 입은 갑옷의 능력 중에 하나였다.

"여태껏 당해보지 못한 굴욕을 안겨주마, 노인장!"

쇠사슬에 파란 기운과 바람이 뒤섞여 부식의 냄새가 가

득한 경기장을 가로질렀다.

히드라들은 그 사슬들을 녹이기 위해 입김으로 맞대응했으나 사슬들은 탄환처럼 입김을 뚫고 히드라 중에 하나를 낚아챘다.

세 개의 목 중 하나를 단단히 휘감은 사슬이 지크의 힘과 히드라의 힘에 의해 팽팽히 당겨졌다.

"네가, 하이볼크의 저급한 피조물이 내 걸작의 힘을 이겨낼 것이라 보는가!"

소리치는 헤파이스토스를 향해 지크가 대답 대신 몸을 돌렸다.

히드라를 옭아맨 사슬이 바짝 당겨졌다.

지크가 입은 갑옷의 틈새에서 파란색의 전깃불이 터졌다. 상승하는 그의 힘에 갑옷이 뚜렷하게 반응하고 있었다.

그러나 물리력만으로는 히드라를 압도할 수 없었다. 우선 질량의 차이가 너무 컸다.

지크가 중력법칙을 조작하여 자신의 몸무게를 히드라와 맞먹게 조절하긴 했지만 그것만으로는 부족했다.

'그렇다면!'

일순간 일어난 강풍이 지크뿐만 아니라 히드라까지 들어올렸다.

"당신 말고 이게 걸작이라고 말해주는 사람, 혹시 있었나? 들은 기억이 없는데?"

지크가 헤파이스토스를 향해 소리쳤다.

히드라의 창조주는 자신의 눈앞에서 붕 떠오르는 피조물을 넋 놓고 바라봤다.

지크는 땅에 발을 딛듯이 허공에 발을 디뎠다. 그의 발밑에서 파란색의 전류가 터지며 지면을 대신해 그를 받쳐 주었다.

그는 다시 히드라를 붙잡은 사슬을 잡아당겼다.

그에 대응하여 히드라의 껍질 이곳저곳이 열렸다. 그곳으로부터 폭풍과도 같은 불꽃이 터지면서 히드라의 거체를 땅으로 이끌었다.

'무슨 로켓 부스터야? 별걸 다 붙여놨군!'

지크가 투덜거렸다.

사슬이 끊어지기 일보 직전까지 가면서 지크의 몸이 점점 땅으로 내려갔다.

[어이, 아저씨.]

그가 마음의 저편을 향해 외쳤다.

[한 번 더 날 도와줘야겠어.]

그저 파랗게 빛나기만 하던 지크의 고글 안쪽에서 변화가 일어났다.

[부르시면 따르겠나이다.]

디아블로의 목소리와 동시에 지크의 왼쪽 눈에서 붉은빛이 터졌다.

버티던 히드라가 허공으로 불쑥 치솟았다.

갑자기 용솟음친 그의 압도적인 완력에 헤파이스토스가 경악했다.

그는 눈에 보이는 모든 힘과 법칙을 숫자로 바꿔서 볼 수 있었다. 대장장이의 신으로서 가져야 할 정확한 '수치'를 위한 그의 능력이었다.

그 눈에 비친 지크의 숫자는 처음 갑옷을 입었을 때보다 무려 여섯 배나 폭증한 상태였다.

'선신계와 악신계의 힘이 융화한다고? 저 갑옷 속에서?'

지크는 사슬을 잡은 채 팔을 돌렸다. 히드라는 저항했으나 그의 팔을 따라 경기장 상공을 고속으로 회전했다.

그 강력한 회전에 경기장 바깥 부분에서 흙먼지의 회오리바람이 일어났다.

히드라가 자신이 원한 속도에 도달한 순간, 지크가 사슬의 방향을 땅으로 돌렸다.

"선대 흑선은 이런 짓을 자주 했더군!"

히드라가 경기장 한가운데에 내리꽂혔다. 경기장 전체에 금이 갈 정도의 충격이 추락 지점을 중심으로 일어나 흙으로 된 구름을 일으켰다.

"흠!"

지크는 거기서 끝내지 않고 다시 사슬을 당겼다.

겹눈 중에 하나가 깨져 녹색의 체액을 흘리는 히드라의 저편으로 두 눈을 붉고 파랗게 불태우는 지크의 검은색 모습이 일렁거렸다.

사슬과 함께 지크의 두 팔이 어지러이 움직였다.

히드라의 몸체와 세 개의 목이 사슬로 된 거미줄에 얽힌 먹잇감처럼 경기장 한가운데에 고정되었다.

히드라가 꿈틀거리자 경기장 전체가 그 완력을 이기지 못하고 또 한 번 우르릉 울렸다.

다른 히드라들이 붙잡힌 히드라를 돕기 위해 이빨을 세우고 입김을 내뿜으려는 찰나, 지크가 몸에 번개를 휘감은 채 창공으로 솟아올랐다.

하늘은 어느새 노을로 붉게 물들어 있었다. 해는 저물었고 조금 뒤면 저녁이 찾아올 것이다.

위치상 동쪽에 자리 잡은 올림포스의 신들은 지크가 그렇게 용솟음친 뒤에야 저녁이 찾아왔음을 깨달을 수 있었다.

헤파이스토스는 노을 속에서 파랗게 공간을 왜곡시키는 전류의 뭉치를 보며 만면에 미소를 지었다.

"그깟 전류로 어떻게 될 나의 걸작이 아니다!"

지크의 두 눈에서 피어오르는 전류가 더 막강해졌다.

"힌트 고맙군!"

지크의 등판에서 회전하던 두 개의 바퀴가 푸른 연기를 뿜으며 격렬히 회전했다.

태양에서 방출된 대량의 플라즈마가 행성의 자기장을 왜곡시키며 하늘 전체에 기묘한 현상을 일으켰다.

마치 빛의 커튼과도 같은 그 광경에 키르히가 하늘 이곳저곳을 보며 당황했다.

"저게 뭐야?"

"오로라(Aurora)… 라고 하지요."

피엘이 일반적인 위치에서는 거의 볼 수 없는 그 아름다운 현상을 보며 뿌듯하게 웃었다.

위험을 느낀 히드라들은 전력을 다해 입자들을 발산시켰다. 그러나 어느 순간 히드라들을 보호하던 맹독의 입자들이 바람에 맞은 먼지들처럼 흩어졌다.

헤파이스토스에게는 경악의 연속이었다.

'설마……?'

"천공을 다룰 수 있다면 '진공(眞空)'도 만들어낼 수 있지."

지크의 말대로 히드라들과 지크 사이에 존재하는 작은 공간은 완벽한 진공상태였다. 공기를 이용해 비행을 하는 히드라의 맹독 입자들에게는 지옥과도 같은 상황이었다.

"이제는 폭력을 보여주마."

지크의 오른쪽 눈마저 붉게 변했다.

흑선의 검은색 갑옷 전체가 빨갛게 달아올랐다.

투구의 양옆이 꺾이면서 좌우로 열렸다.

붉은색의 괴수가 먹이를 먹기 위해 입을 여는 듯한 모습이었다.

고글 밑을 보호하던 장갑 부위도 열려 그 안에 구속되어 있던 철회색의 이빨이 드러났다.

그 입에서 화염줄기가 뿜어졌다. 등 뒤에서 회전하는 바퀴들도 화염을 품었다.

헤파이스토스는 그 모습에서 다른 존재를 보았다.

'디아블로······!'

헤파이스토스의 움직임이 멎었다.

동시에 양측 대기석에서 똑같은 일이 일어났다.

피엘과 아테나가 대기적을 보호하기 위해 힘을 짜내었다.

이윽고 공기의 저항이 만들어낸 수십 개의 고리가 한 마리의 히드라와 남은 세 마리의 히드라를 집어삼켰다.

초음속이라는 개념조차 넘어선 지크의 발차기에 직격당한 히드라는 몸으로 버티려 했으나 무리였다. 지금 떨어진 지크의 물리력은 그가 허공에서 잘라 버린 운석을 모래알처럼 느껴지게 만들 만큼 가볍게 초월하고 있었다.

그 압도적인 폭력 앞에 히드라는 흔적조차 없이 완파되고 말았다.

그 여력에 다른 세 마리는 파편 몇 조각으로 변해 경기장 밖으로 튕겨 날아갔다.

부서진 것은 히드라만이 아니었다.

경기장 전체가 두 개의 대기석만을 가까스로 남긴 채 부서져 평지로 변해 버렸다.

조금 뒤, 대지 저편에서 충격의 여파가 밀려왔다. 행성 반대편까지 파고들어 간 충격이 되돌아오는 것이다.

본래는 행성이 깨지거나 관통당해야 하지만 지크와 함께하는 행성의 천공이 그것을 억제한 덕분에 그런 일까지는 벌어지지 않았다.

그 파괴의 한가운데에서 일어난 지크는 한숨을 푹 쉬었다.

그의 등판에서 회전하던 바퀴들이 플라즈마의 잔류물을 흘리며 천천히 멈췄다. 모습이 바뀌었던 흑선의 갑옷, 시류지 변환갑도 본래의 검은색으로 돌아왔다.

히드라들의 격파를 확인한 그는 반쯤 의식을 잃은 채 엎드려 있는 헤파이스토스를 향해 걸어갔다.

"걸작, 걸작, 걸작."

그가 비아냥거렸다.

대기석을 보호하느라 전력을 다한 피엘과 아테나는 똑같은 자세와 타이밍으로 그 자리에 주저앉았다.

'저 정도였다니……!'

아테나가 단단한 대기석 바닥을 진흙처럼 움켜쥐며 부르르 떨었다.

그만한 파괴력을 발휘했는데도 지크에게는 아직 여력이 한참이나 남아 있었다.

애초부터 헤파이스토스가 이길 수 있는 경기가 아니었던 것이다.

이윽고, 헤파이스토스의 머리맡에 선 지크는 갑옷을 해체한 후 고글을 매만졌다.

"내가 이겼지?"

그의 갑옷이 되었던 오토바이가 제 모습을 갖춘 뒤 빛이 되어 사라졌다.

몸을 유지시키기 위해 힘의 대부분을 소모한 헤파이스토스는 오른팔을 부르르 떨며 들어 올렸다.

"나는 아직……!"

"아, 죽이진 않을 테니 걱정 마."

헤파이스토스가 누워 있는 땅바닥이 붉게 변했다.

그 붉은 지면 속에서 원념이 섞인 검붉은 손이 튀어 올랐다.

그 손에 붙잡힌 헤파이스토스는 흠칫하여 몸부림쳤으나 곧이어 다른 손들이 무수히 튀어나와 그의 몸 전체와 목, 그리고 얼굴을 완전히 감싸 쥐었다.

"살려서 '그 동네'에 넘겨주겠다고 약속해서 말이야."

그 동네란 바로 디아블로가 속한 악마들의 세계였다.

"읍, 으으읍!"

헤파이스토스가 눈을 부릅떴다.

손은 그의 눈마저도 잔혹하게 가리고 말았다.

"편도행이니까 신나게 즐기라고. 노인장."

"으으으으읍!"

마지막으로 그의 입을 완전히 틀어막은 악마의 손들은 그를 붉은 밑바닥 속으로 끌고 들어갔다.

잠시 후, 지크와 모든 이들의 귓가에 큰 뿔피리 소리가 들렸다.

그날의 경기가 모두 종료되었다는 신호였다.

*　　　　*　　　　*

"흥미로워지는군."

그날의 경기를 관람한 프라임이 소리가 들리지 않을 만큼 가볍게 박수를 쳤다.

"이렇게 즐기는 것도 오래간만인 것 같네. 안 그런가?"

대답하는 쉬프터는 아무도 없었다.

프라임의 뜻에 동의하지 않는 것이 아니라 그의 의중을 파악할 수가 없었기 때문이다.

"자네들의 감정이 조금 혼란스럽군."

프라임의 한마디에 쉬프터들의 분위기가 더욱 조심스러워졌다.

"이해한다네. 하지만 가끔 이렇게 즐기는 것도 나쁘지 않지. 올림포스 출신의 가축들이 조금이나마 역할을 해주고 있기도 하고 말일세."

그는 오른손 검지로 팔걸이 위를 톡톡 두드렸다.

"리오 스나이퍼, 그리고 지크 스나이퍼."

프라임이 둘의 이름을 말했다.

"그들은 아주 다양한 대비책을 준비했다네. 그만한 준비를 할 시간이 대체 어디서 났는지 궁금하군."

그의 가면 틈새에서 빛이 흘러나왔다.

"자네들도 알다시피 우리들, 특히 프라임 클래스에게 있어서 시간이라는 개념은 절대불변의 개념이라고 할 수는 없네. 우리에게 맞설 수 있는 존재는 초고등급의 사냥꾼들

뿐이지."

그의 말에 홀로 남겨진 퀸 클래스의 쉬프터가 깜짝 놀랐다.

"그 정도 위험등급의 사냥꾼과 상대해 보신 일이 있으십니까?"

"없다네."

허무할 정도로 간단한 대답이었다.

"싸우면 서로가 손해라는 사실을 알거든."

"……."

"대신 대화를 해본 일은 있다네."

처음 듣는 이야기에 모든 쉬프터들이 경직됐다.

"나를 포함하여 세 명의 프라임과 세 명의 사냥꾼이 중립지역에서 회담을 나누었다네. 언제 있었던 일인지 기억조차 나지 않는군."

프라임의 가면에서 즐거움이 담긴 빛이 흘렀다.

"당시에는 서로가 미지의 존재였지. 언어 체계, 표현 방식 모두 달라서 제대로 된 회담은 성사되지 않았네. 하지만 시간이 지나면서 입장의 차이는 명확하게 확인할 수 있었지."

팔걸이를 두드리는 소리가 멈췄다.

"우리와 사냥꾼들의 긴 싸움은 그때부터 시작되었다네.

인내심이 부족한 필멸자들은 이런 경우 '진절머리가 난다' 라는 표현을 흔히 쓰지."

"……."

"대부분의 신들은 우리라는 존재도, 사냥꾼이라는 존재 도 모른 채 사육당하다가 소멸된다네. 혹시라도 사냥꾼들 에게 발각되고 운이 안 좋아서 전투가 벌어지면 그 사이에 게 끼어 소멸되고……. 정말 불쌍하지."

프라임이 자리를 털고 일어났다.

"지금까지 사냥꾼들과 우리의 관계는 매우 미묘했다네. 그들은 우리가 만든 경작지를 파괴한 일은 있어도 구원하 거나 독립을 시켜준 적은 한 번도 없다네. 가축들을 대하는 입장은 우리나 그쪽이나 똑같다는 것이지."

그는 의자의 주변을 거닐었다.

"하지만 아직도 명확하지 않은 점이 있다네."

"무엇입니까, 프라임이시여?"

퀸의 질문이었다.

"바로 경작지의 파괴 기준일세. 발견했음에도 불구하고 남겨두는 경작지가 있는가 하면 은하 규모로 제거해 버리 는 일도 있었지."

"주인님께서 언급하신 일이 있으십니까?"

"없으시네."

프라임이 소매 사이에 손을 넣고 팔짱을 꼈다.

"이제부터 내가 사냥꾼들에 대한 이야기를 왜 했는지 이야기해 주겠네."

그가 말했다.

"방금 전, 몇몇 젊은 동포들이 재미있는 의견을 냈음에도 불구하고 내가 무시한 일이 있었네. 바로 하이볼크와 오딘이 사냥꾼들과 내통했다는 의견이었지."

"……."

"리오 스나이퍼를 직접 만나기 전에는 그들의 배타적인 성향을 믿어보기로 했으나 이제는 생각을 달리할 필요도 있을 것 같군. 누군가가 우리의 정보를 그들에게 꽤 자세히 전해주었네. 그것이 사냥꾼이라면 신경을 써야겠지."

"어째서 그렇습니까?"

나이트 클래스의 쉬프터가 질문했다. 같은 질문을 하려 했던 퀸 클래스가 그에게 눈총을 보내자 나이트는 제법 겁에 질렸다.

"그만하게."

프라임이 퀸을 제지했다.

"사냥꾼들은, 특히 앞서 말했던 초고등급의 존재들은 킹과 퀸 클래스를 상대할 수 있다네. 프라임 클래스는 모르겠네만… 아무튼 킹 클래스가 가진 절대불패의 법칙까지 흔들 만큼 확실한 정보력을 가진 것은 분명하네."

"프라임이시여, 그렇다면 상당히 위험한 상황이 아닙니까?"

"아직 모르지."

프라임이 고개를 흔들었다.

"저들의 시간으로 내일이 되면 몇 가지를 더 확인할 수 있을 것이네. 기다려 보세, 동포들이여. 우리가 서두를 필요는 아무것도 없네."

프라임은 팔을 휘저었다. 그 손짓에 맞춰 퀸을 제외한 모든 쉬프터들이 그 자리를 떠났다.

"정말 서두르지 않아도 괜찮으시겠습니까?"

"하데스를 감시하게."

프라임이 즉시 지시를 내렸다. 퀸은 바로 무릎을 꿇고 명령을 받아들였다.

"헤파이스토스, 그리고 아테나에 대한 정보를 너무 쉽게 판단한 것 같군. 둘과 관련된 정보의 혼선도 느껴진다네."

"하지만 킹 클래스가 이미 배치되었습니다."

"킹이 요구한 일일세. 그는 하데스를 대단히 의심하더군. 하데스는 이미 한 번 이상 킹과 접촉한 경험이 있으니 무슨 수를 썼는지 알 수 없네. 그러니 자네가 추가로 수고해 주게나."

"명을 따르겠습니다."

퀸이 그 자리에서 사라졌다.

프라임은 다시 의자에 앉았다.

믿을 수 없을 만큼 긴 숨을 내쉰 프라임은 리오 일행이 있는 숙소에 시선을 두었다.

"내일이 기대되는군."

*　　*　　*

올림포스 측에서 제공한 숙소는 여섯 개의 방이 준비된 1층 건물이었다.

미리 준비한 게 아니라 인원수에 맞춰 바로 만든 것인데, 신들이나 그 직계 하수인들의 입장에서는 아주 간단한 일이었다.

건물뿐만 아니라 침구류도 마련되어 있었다. 저녁은 물론 내일 점심까지 먹을 수 있는 식사 및 물을 비롯한 음료도 완벽히 비치되어 있었다.

"괜찮은데?"

안을 둘러본 지크가 고개를 끄덕끄덕했다.

"음."

지크를 따라 안으로 들어가려던 키르히가 갑자기 멈춰

섰다.

넋을 놓고 그를 따라 걷던 하이엘바인이 안면을 그의 등
판에 부딪치고 말았다.

키르히는 그녀가 얼굴을 감싸든 말든 상관하지 않고 일
행의 가장 뒤에 서 있는 리오에게 다가갔다.

"어이, 선생."

몸을 회복시키느라 말도 하지 않고 호흡도 조절하던 리
오는 그 갈색머리 청년의 뜬금없는 모습에 불쾌한 기색을
보였다.

"볼일이라도?"

그 시점에서 피엘과 지크는 키르히가 조금 뒤 무슨 말을
꺼낼지 정확히 예상했다.

"나와 실력을 겨뤄줘."

키르히의 한마디에 지크가 고글을 만졌다.

'역시나.'

'왜 저 남자를 대상으로 실력을 시험해 보고 싶어하는 사
람이 많은 걸까?'

쓴웃음을 지은 피엘은 리오가 당연히 거절할 거라고 생
각했다.

"비서관."

그런데 리오가 그녀를 불렀다.

"예?"

엉겁결에 대답한 피엘은 평소답지 않게 둥그런 눈으로 그를 응시했다.

"영상으로 남겨놓을 수 있겠나?"

"정말 키르히 펙터님과 겨루실 생각이신가요?"

"오래 걸리진 않을 테니 부탁하지."

부탁한다는 그의 목소리가 피엘의 가슴에 이상하리만치 깊게 와 닿았다.

"비서관?"

"아, 예. 미안해요."

넋 놓고 그를 바라보던 피엘은 즉시 자신의 교신기를 꺼내들었다.

리오가 디바이너 한 자루를 불러내 손에 쥐고는 숙소로부터 조금 멀리 떨어졌다.

키르히는 두근거리는 심장을 억누르며 그를 따라 평야로 갔다.

피엘은 리오의 부탁에 따라 촬영을 시작했다. 키르히는 그 모습이 마음에 들지 않았다.

"선생. 영상인가 뭔가는 왜 찍으라는 거야?"

"좀 있으면 알게 돼."

적당한 위치에 자리를 잡은 리오는 디바이너로 오른쪽

어깨 근육 위쪽을 두드리며 호흡을 조절한 뒤 검끝을 비스
듬히 내렸다.

모두 쏟아지는 달빛이 잘려 중간에 끊기는 착각을 느꼈
다.

그에 맞서 도펠 슈트롬, 아니, 그룬가르드와 이그니스를
꺼내 붙잡은 키르히는 달빛 속에서 호선을 그리는 디바이
너의 끝자락을 보며 침을 삼켰다.

달빛마저 그 보라색에 잘리는 느낌이었다.

'우와, 이럴 수가.'

그는 기뻐 미칠 것 같았다.

상대는 아무런 살의도 싣지 않고 검을 움직였다. 하지만
그것만으로 키르히를 완전히 압도했다.

'선생이라면……!'

그는 얼굴에 차오르는 미소를 숨길 수가 없었다.

'선생이라면 내 모든 걸 부딪힐 가치가 있어!'

순간 큰 과일이 터지는 소리가 평야에 울렸다.

그룬가르드, 이그니스가 키르히가 있던 자리의 좌우에
떨어졌다.

떨어진 칼의 자루에는 키르히의 손이 각각 매달려 있었
다.

허리 윗부분은 어디로 갔는지 보이지 않았다.

리오는 디바이너를 거둔 후 숙소 쪽으로 걸어갔다.

"애송이에게 잘 보여주라고, 비서관."

"그, 그러죠."

그녀는 빠르게 재구축되는 키르히의 몸뚱이를 보며 교신기의 영상 기록을 중단했다.

허무한 패배에 정신이 붕괴되다시피 한 키르히는 가장 늦게 숙소 안으로 들어왔다.

목이 말라 물을 찾던 그는 마침 큰 항아리에 가득 든 물을 미심쩍은 눈으로 살펴봤다.

"설마 여기에 맹독이 들어 있진 않겠지?"

식탁 옆 의자에 앉아 쉬고 있던 지크가 그 말을 듣고 피식 웃었다.

"마셔봐, 그럼. 넌 금방 살아나니까 상관없잖아?"

"으음……."

아테나의 성품을 알고 있는 피엘은 괜찮을 거라며 키르히를 안심시키려 했다.

하나 키르히는 사약을 먹는 자의 표정으로 항아리의 물을 벌컥 들이켰다.

"어, 괜찮네?"

마침 목이 말랐던 키르히는 작은 물그릇을 이용해 연거푸 물을 마셨다.

"음, 내가 대체 왜 선생의 검을 못 봤을까?"

질문을 한 키르히가 식탁 한쪽을 봤다.

"네 눈으로 볼 수 있는 수준이라고 생각해?"

"그렇게 빠른 거야?"

"봐서 피할 수 있는 게 아니야. 읽지 않으면 막는 것도 힘들어. 막아서 무사하면 또 다행이지."

퉁명스레 대답한 지크도 키르히와 똑같은 방향을 한 번 흘끔 봤다.

"너무 조급해하지 마세요, 키르히 펙터님. 제가 영상을 보여 드릴 테니 그걸 보시면서 연구해 보세요."

피엘은 자신의 교신기를 그에게 넘겨주었다.

그녀 또한 다른 이들과 마찬가지로 식탁 한쪽을 봤다.

그들의 시선이 집중된 장소에는 하이엘바인이 앉아 있었다.

그녀는 식탁 위에 잔뜩 쌓인 고기들을 무서운 속도로 먹어치우고 있었다.

'눈이 풀렸잖아?'

그녀가 그렇게 먹어대는 모습을 오늘 처음 보는 키르히는 리오와 마주했을 때와 또 다른 공포를 느꼈다.

리오와 제타는 그 자리에 없었다.

리오는 조금이라도 빨리 몸을 회복시키기 위해 일찍 잠

들었고 제타는 생각이 너무 많아 동료들과의 대화를 의도적으로 피했다.

지크는 멍한 눈으로 고기를 퍽퍽 먹어대는 하이엘바인을 보며 걱정했다.

'내일은 저 민폐 덩어리가 싸워줘야 할 텐데…….'

그가 한숨을 쉬었다.

내일은 분명히 아테나가 나올 것이다. 지크는 그렇게 판단했다.

아테나 역시 전설적인 강력함을 가진 존재였다.

오늘 헤파이스토스까지 깔끔하게 당한 상황이기 때문에 올림포스에서는 분위기 전환을 위해서 그녀의 힘이 반드시 필요했다.

그의 예상대로 올림포스 전체는 하루 내내 이어진 패배와 예상을 초월한 리오 일행의 강력함, 그리고 자신들에게 기회를 준 쉬프터들에 대한 두려움으로 인해 고뇌하고 있었다.

'얼핏 들은 바로는 아테나가 포세이돈까지 능가할 만큼 강력하다고 하는데… 아무래도 내일은 비서관을 믿어봐야겠군.'

지크는 내일을 걱정하며 하이엘바인의 맞은편에 앉았다.

그가 고글을 벗으려는 순간 뚝, 하는 소리와 함께 고글의 두꺼운 끈이 떨어졌다.

　'뭐야, 이건.'

　그는 불길한 징조가 아니기를 바랐다.

　그가 음식을 들려는 찰나였다.

　"우웁!"

　피엘이 기록한 자신의 '분해' 영상을 본 키르히가 입을 손으로 틀어막더니 화장실로 달려갔다.

　워낙 무력하고 끔찍하게 박살 난 덕에 그가 느낀 충격은 상당했다.

　'아, 불안해.'

　지크는 식기를 던지듯 내려놓으며 이마를 짚었다.

CHAPTER 61
잿빛 인생

그 행성의 생물들은 원시의 느낌이 진했다.

새들까지도 아직 진화가 덜 되어 덩치만 클 뿐, 오랫동안 날아다니진 못했다.

신의 입장에서, 그가 창조한 피조물들이 진화하는 과정은 일종의 '최적화'였다.

상황에 맞춰 모습을 바꿔가는 그들의 생태는 창조주들만이 가질 수 있는 기쁨 중에 하나였다.

동이 틀 무렵, 숙소 밖으로 나온 지크는 아직 최적화가 덜 된 그 덩치 큰 새들의 날갯짓을 보고 있었다.

조금 뒤에 리오가 숙소의 문을 열고 나왔다. 어제 한 번 붕괴한 육체와 정신방벽은 거의 회복되었지만 리오 자신이 만족할 만한 수준은 아니었다.

지크는 재킷을 벗고 기지개를 켜는 리오 쪽으로 고개를 돌렸다.

"어제 키르히 녀석에겐 왜 그런 거야?"

"무슨 소리지? 난 계속 내 방에만 있었는데?"

"……."

새들의 소리가 둘 사이에서 좀 더 크게 들렸다.

"흠. 너무 대충 상대해 준 것 같아서 말이야."

"대충이라……."

리오는 남은 한 장의 웃옷인 흰색의 티셔츠를 벗었다.

굴곡이 뚜렷한 적동색의 계곡들 사이로 새벽공기가 흘렀다.

지크는 리오의 옆구리를 보고 깜짝 놀랐다.

얕은 화상 자국이 있었기 때문이다.

"회복된 게 이 정도야."

리오는 티셔츠를 어깨에 걸쳤다.

지크는 눈으로 보고도 믿을 수 없었다.

"재킷이나 셔츠가 타들어간 흔적도 못 봤는데 화상을 입었다고? 네가?"

"소질이 있는 놈이지."

지크는 리오가 소질로서 남을 진지하게 칭찬하는 것을 처음으로 들은 것 같아 혼란스러웠다.

"문제는 그 소질이 정확히 뭔지 나도 모르고 놈도 모른다는 거야."

"대단한데?"

지크도 결국 감탄했다.

"시간만 더 주어졌으면 좋았을 텐데 말이야."

지크는 그 '좋다' 라는 의미에 키르히가 슈렌을 능가할 수도 있는 인물이라는 말이 포함되어 있을 거라 생각했다.

기분은 좀 그랬지만 지크는 자신들에게 닥친 문제가 사사로운 감정을 앞세울 만큼 여유롭지 못하다는 사실을 알고 있었다.

마음을 다잡을 겸, 그는 농담을 던져 보기로 했다.

"어제 아주 진부한 일이 있었어."

"신발 끈이라도 끊어졌나?"

"고글의 끈이 떨어졌지."

지크는 피엘의 능력으로 복구된 자신의 고글을 검지에 매달고는 빙글빙글 돌렸다.

"아주 진부한 예고편이군."

리오가 웃음을 흘렸다.

"그렇지. 이야기 속에 나오는 공주나 왕자들이 항상 20대 이하인 것처럼 말이야."

지크가 빈정거리자 리오가 고개를 갸웃거렸다.

"이야기뿐만 아니라 우리도 꽤 많이 마주치지 않았나? 난 내가 만난 공주들의 머릿수를 기억조차 못해."

"흥, 유혹하시느라 정신이 없었겠군."

"유혹은 모르겠지만 정신은 확실히 없었지. 죽여 없애라는 임무만 받았거든. 말했잖아? 머릿수라고."

리오가 자신의 머리를 톡톡 두드렸다. 지크는 할 말을 잃었다.

"난 네가 아는 그놈이 아니야."

"아아, 그래. 알았어. 알았다고."

지크의 인상이 구겨졌다.

"혹시 왕자들도 죽였어?"

"우리가 성별을 가릴 처지였나? 그보다… 계속 쓸데없는 얘기를 할 생각이면 들어가서 더 주무시는 게 어때?"

경고를 들은 지크는 뒷머리를 긁었다.

"솔직히, 느낌이 안 좋아."

지크가 대답했다.

"오늘은 아테나가 나올 거야. 전설의 등급만으로 따지자면 우리가 데리고 있는 민폐 덩어리와 비슷한 강적이지. 올

림포스의 창조주인 제우스의 형제, 포세이돈을 무력으로
제압했으니까."

"흠, 민폐를 끼치는 수준까지 똑같진 않은가 보군."

그의 여유에 지크는 쓴웃음을 지었다.

"아테나의 전설은 누구한테 들었지?"

리오가 꽤 진지하게 물었다.

그는 지크가 올림포스의 전설을 꿰고 있을 만큼 준비가
철저한 인물이 아니라는 사실을 알고 있었다.

"교신기 안에 있는 자료들을 봤어."

지크가 솔직하게 털어놨다.

"그래? 편리한 기계로군.'

교신기로 이 세계에 살고 있는 루이체의 사진만 몇 번 봤
었던 리오에겐 흥미가 일어나는 요소였다.

"민폐 덩어리는 어쩔 거야?"

"어쩌다니?"

"아테나와 싸우게 할 거야?"

질문을 들은 리오는 헛웃음을 터뜨렸다.

"내가 결정할 문제는 아니잖아?"

"네가 결정할 문제야."

지크가 확실하게, 그리고 진지하게 말했다.

장난기가 섞여 있던 리오의 표정이 상대와 비슷해졌다.

"네가 힘만 센 놈이 아니라는 건 너를 적으로서 상대해 본 내가 더 잘 알아."

지크의 분위기가 더욱 진지해졌다. 리오는 자신의 피부에 전기가 오르는 느낌을 받았다.

"넌 앞에 닥친 상황을 비겁할 정도로 빠르게 판단하고 결정하지. 게다가 역이용을 해버리기도 해. 그런 녀석에게 결정을 맡기는 게 잘못된 건 아니잖아?"

"칭찬인지, 아니면 떠넘기기인지 잘 모르겠군."

리오가 피식 웃었다.

지크는 그 미소를 보자마자 아차 싶었다.

'또 엿이 되는 분위기로군.'

그가 그렇게 생각한 이유는 이런 식으로 진행된 대화 치고 리오의 분위기에 휘말리지 않은 적이 없어서였다.

리오가 먼저 말했다.

"너나 나나 수천 년 동안 남을 상대해 봤어. 그렇다면 판단의 기준 정도는 만들어졌을 텐데?"

"그야 그렇지."

지크는 맞서듯이 대답했다.

"그렇다면 그 민폐 덩어리에 대한 의견을 나에게 물은 이유를 말해봐. 부정적이든, 긍정적이든 말이야."

"좋아."

지크는 고글을 다시 썼다.

"그 계집애는 의지가 없어."

"의지?"

검은색에 가까운 리오의 검붉은 색 눈썹이 꿈틀했다.

"살아오면서 쌓아온 자신만의 길이 없다 이거야. 아주 잘 만들어진 무기에 불과하지. 그런 엉터리에게 미래를 맡기자고? 난 인정 못해."

"그래?"

리오가 키득거리며 웃었다.

"그건 우리도 마찬가지잖아?"

"뭐?"

지크는 순간 화가 치밀어 올랐다.

"우리는 뭘 위해 싸우지? 세상의 평화? 안락한 미래? 무지개가 피어오르는 환상의 나라? 오, 전혀 아니야."

리오의 장발이 그의 턱을 따라 흔들렸다.

"우리는 말이지, 볼일이 끝났다는 이유로 모든 걸 송두리째 지워 버리는 녀석을 위해 싸우고 있어. 그 녀석이 창조하고 관리하는 세계를 좀 더 오래 이끌기 위해서 말이야."

그 녀석이 누구를 지칭하는지 지크는 알고 있었다.

"내 말이 틀렸나?"

그 질문에 지크는 부정할 수 없었다.

리오의 염세적인 웃음이 끊이지 않았다.

"후후, 만약 네 말이 옳다면 우리는 그 웃기는 공간에서 천 년 넘게 의지라는 걸 키우고 있었군. 생각만 해도 굉장한 위인이 된 것 같은데?"

"……."

지크는 잠자코 리오의 말을 곱씹었다.

웃통을 벗은 채 새벽공기를 즐기던 리오는 숙소를 한 번 보고는 다시 셔츠 안에 팔을 끼우려 했다.

"그런 식으로……!"

그때, 지크의 꽉 문 앞니 사이로 목소리가 새어 나왔다.

"네가 그런 식으로 규정해 버리면 난 뭐가 되는 거야!"

"뭐가 되긴. 넌 너지."

지크는 자신의 정체성에 대해 물었고 리오는 아주 간단히 대답했다.

지크가 허무감을 느낄 정도였다.

"내가 아는 지크도 그렇고, 너도 그렇고. 참 감정에 충실한 놈들이지. 번개처럼 확 터지는 성격이라든지, 재미없는 농담을 괜히 주절거리는 버릇이라든지."

"……."

"어제 네가 싸우는 모습도 그랬어. 장난을 좀 덜 치고 예전보다 싸움에 능숙해졌을 뿐이야. 물론 내가 너라는 녀석에게 익숙해졌기 때문에 그렇게 느낄 수도 있지만 말이야."

리오는 입으려던 셔츠를 다시 벗어서 어깨에 걸쳤다.

"넌 어제 네 자신을 보여줬어. 네가 사용할 수 있는 능력을 발휘하여 적을 잡았지. 나의 불타는 의지가 어쩌고 저쩌고, 바람이여, 나에게 힘을 어쩌고저쩌고 하면서 주절거리는 비현실적인 모습 따위는 없었다고."

그가 지그시 웃었다.

"넌 강해진 거야."

그 한마디가 지크의 분노를 싹 잠재웠다.

"네가 선택하고 네 스스로가 강해졌어. 나와 다르지만 굳이 나와 같을 필요는 없지. 그 과정은 네 자신에게 굉장한 의미가 있었을 거야."

실제로 그랬다. 지크는 그 시간 동안 자신의 모든 것을 되돌아볼 수 있었다.

"하지만 그렇다고 해서 이런 식으로 그 계집애를 평가해서는 안 돼."

"왜?"

"너무 일방적이고 이기적이잖아? 혹시 네가 그 애를 붙잡고 물어본 적은 있어? 넌 왜 의지가 없냐고 말이야. 내 기억엔 전혀 없는데?"

"……."

말싸움을 할 의지를 잃은 지크는 결국 됐다는 표정으로 손을 내저었다.

"됐으니까 네 생각이나 말해봐. 그 민폐 덩어리, 어쩔 거야?"

"하이엘바인… 그래, 민폐 덩어리라고 하자. 그 계집애가 어떻게 해야 네 마음에 들까? 나처럼 신을 죽이려고 안달을 내든지 너처럼 무게를 잡으면 되나?"

"그걸 물은 게 아니잖아? 쓸모가 있는지, 없는지가 궁금하다고."

"그건 나보다는 다른 사람이 더 잘 알 것 같은데?"

"다른 사람?"

리오가 다시 숙소 쪽을 봤다.

"숨어서 뭐하는 거지? 당신답지 않잖아?"

그 부름에 응하듯 피엘이 숙소의 문을 열고 슬그머니 나왔다.

"일단 옷부터 입으시고 부르시죠?"

"새삼스레 신경 쓰시는군. 비서관."

리오가 놀리듯이 웃었다. 피엘은 다른 곳에 눈을 돌린 채 안경을 고쳐 썼다.

"제 이름은 피엘 플레포스입니다."

그녀가 자신의 이름을 말하자 리오와 지크가 멍한 얼굴

로 서로를 봤다.

"그래, 피엘 플레포스 비서관."

어이없다는 얼굴로 그녀의 이름을 말한 리오는 당혹감에 젖어 있는 그녀의 모습을 뚫어지게 쳐다봤다.

"하이엘바인에 대해서 어떻게 생각하지? 그 민폐 덩어리가 오늘 경기에 출전을 해야 할 것 같은데 말이야."

그가 셔츠를 입으며 물었다.

숙소 안에서 둘의 대화를 도중부터 들었던 피엘은 잠시 생각을 한 뒤 대답했다.

"당신께서 결정하실 문제 같군요."

"……"

지크는 민망하여 손으로 얼굴을 덮었고 할 말을 잃은 리오는 눈을 감은 채 오른손 중지와 검지로 관자놀이를 눌렀다.

'저 여자, 저런 성격이었나?'

리오는 약간 실망했다.

속사정을 모르는 피엘은 두 손을 골반 위에 올리며 당당한 표정을 지었다.

"왜 그러시죠? 결정에 자신이 없으신가요?"

그녀는 드디어 리오에게 먼저 시비를 걸 기회가 생겼다는 사실에 매우 기뻐하고 있었다.

"그보다는… 비서관이 방에서 안경을 찾고 있을 때 이미 나온 얘기거든."

피엘의 얼굴이 확 달아올랐다.

"느, 능력을 이상한 곳에 사용하시는군요. 제 방을 투시하시다니, 실망이에요."

"투시?"

리오가 오해하지 말라는 투로 웃었다.

"자기 버릇을 잘 모르는군."

"버릇이요?"

"당신 말인데, 아침에 일어나서 안경을 찾을 때면 항상 묘한 상황에서나 나올 법한 신음 소리를 내지. 뭐, 남자로서 듣기 나쁘지는 않지만 말이야."

피엘의 얼굴이 달아오르는 것을 초월하여 푹 익어버리고 말았다.

"거, 거짓을 말씀하시는군요! 불결합니다!"

"저도 아까 들었어요."

지크가 덤덤히 리오를 거들었다.

금색 단발을 깔끔하게 다듬은 그녀, 피엘은 당황하여 어찌할 바를 몰랐다.

리오와 지크는 흔히 볼 수 없는 그녀의 그런 모습에 매우 큰 재미를 느꼈다.

[더 놀려볼까?]

리오가 정신감응을 통해 제안하자 지크의 눈썹 사이에 주름이 잡혔다.

[놀릴 거리가 또 있단 말이야?]

[저 여자, 은근히 빈틈이 많아.]

[그래?]

[마음만 먹으면 하루 종일 희롱할 수도 있어. 야한 수영 복도 입힐 수 있다고.]

농담 반, 진담 반의 이야기였지만 지크는 왠지 겁이 났다. 피엘이 진심으로 화가 나면 무슨 일이 벌어질지 모르기 때문이었다.

[시범을 보여주지.]

리오가 싱글싱글 웃었다.

"다른 버릇도 있는데, 들려 드릴까? 조금 더 농도가 짙은 건데……."

"그만하세요!"

피엘이 그녀답지 않게 소리를 빽 질렀다.

"그보다 수영복은 언제 입을 거지? 헬리오스 건으로 얘기했었잖아?"

"당신, 정말 최악이군요!"

화를 낸 그녀는 숙소 안으로 성큼성큼 들어갔다.

희귀한 광경을 한 번 더 목격한 지크는 여유만만하게 웃는 리오를 신기하게 바라봤다.

"더 농도가 짙은 버릇이 있단 말이야?"

"없어."

"……."

"말했잖아. 빈틈이 많다고."

피엘이 그런 거짓말에 속아 넘어갈 줄 몰랐던 지크는 그저 웃을 수밖에 없었다.

숙소의 문이 다시 삐거덕 열렸다.

조금 피곤해 보이는 키르히가 머리를 내밀고 둘을 봤다.

"아침부터 소란이야, 왜?"

"신경 끄고 잠이나 자는 게 어때?"

리오가 경고했다.

피엘이 준 교신기를 통해 자신이 리오에게 박살 나는 광경을 밤새 돌려봤던 키르히는 잠이 잔뜩 쌓인 눈꺼풀을 만졌다.

"성질이 나서 잘 수가 있어야지."

"성질?"

"상대한테 감동을 받은 채로 죽은 건 처음이라고."

키르히의 기억 속에는 어제 자신의 눈앞에서 검을 다루는 리오의 모습이 아직도 생생하게 살아 있었다.

하지만 리오의 눈에는 쓸데없는 일로 잠을 못 잔 얼간이로밖에 보이지 않았다.

"당장 들어가서 침대에 눕지 않으면 몸이 아니라 그 성질머리부터 칼로 날려주지."

"알았다고, 선생."

키르히가 꼬리를 내린 강아지마냥 얌전히 들어갔다.

"굳이 잠을 재울 필요가 있나? 우린 며칠 못 자도 괜찮잖아?"

지크가 어깨를 으쓱했다.

"우리야 그렇지. 하지만 저 녀석은 '우리'가 된 지 24시간이 채 안 됐어. 우리는 적응이 될 대로 된 상태라 수면욕, 성욕, 식욕 같은 기본적인 욕구조차 조절할 수 있지만 녀석은 아니지. 5분 정도라도 자야 제대로 머리가 돌아갈 거야."

리오가 한숨을 쉬었다.

"여기저기서 날 건드리는군. 내가 자기네들 엄마라도 되는 줄 아나?"

"엄마는 아니지만 아침 요리도 만들어야 돼."

지크가 결정타를 날렸다.

요리사가 자신밖에 없다는 사실을 새삼 깨달은 리오는 허탈하게 웃었다.

"앞치마와 두건을 만들어주지."

"……."

"나 바느질 잘 해."

지크의 농담에 리오는 짧은 웃음소리를 내며 고개를 흔들고는 숙소 안으로 들어갔다.

지크도 소리만 내지 않았을 뿐, 미소를 띤 채 그를 따라갔다.

*   *   *

협박에 따라 2시간 정도 잠을 자고 방에서 나온 키르히는 아주 낯선 광경에 경악했다.

식탁의 절반은 고기로만 만들어진 요리로 채워져 있었고 식탁 옆에도 잔뜩 쌓여 있었다.

요리를 어떻게 했는지 고기 비린내가 나진 않았지만 그 엄청난 양의 고기들은 평생 시체더미를 만들며 살아온 키르히의 비위조차 건드렸다.

"먹어."

하이엘바인과 마주 앉은 리오가 말했다. 하이엘바인은 그를 한번 흘끔 보기만 했을 뿐, 식기를 들진 않았다.

"넌 앉고."

"아, 응."

리오에게 지적을 받은 키르히는 자느라 헝클어진 갈색머리를 만지며 제타의 옆에 놓인 빈자리에 앉았다.

"고기 좋아한다며? 왜 안 먹지?"

리오가 재촉하자 하이엘바인은 반 억지로 포크와 나이프를 손에 쥐었다. 하지만 여전히 음식을 먹지는 못했다.

그녀가 그렇게 소극적으로 행동하는 이유는 리오를 볼 낯이 없었기 때문이다.

자신이 궁니르로 그를 찌른 서투른 행동과 어제 읽은 그의 처절한 생애가 한데 어울려 그녀를 우울하게 만들고 있었다.

"정말 도움이 안 되는군."

냉소적으로 내뱉은 리오는 성질을 부리듯 자신의 접시에 놓인 고깃덩어리를 자른 뒤 포크로 찍었다.

그리고 그것을 하이엘바인의 코앞에 내밀었다.

"식는다니까?"

리오의 입에서 나온 것 치고는 아주 평범한 말이었다.

하지만 그 짧은 한마디에 하이엘바인을 비롯한 모두의 분위기가 바뀌었다.

하이엘바인은 리오가 내민 고기를 덥석 물고 오물오물 씹었다.

적당한 육즙과 절묘하게 맞춘 단맛, 그리고 향긋하게 구워진 냄새가 그녀의 입안에서 감돌았다.

"자네는……."

"음?"

"자네는 정말 좋은 사람이로군."

그녀의 평에 리오가 턱을 괴며 웃었다.

"어째서?"

"요리를 잘하는 사람은 모두 좋은 사람일세. 그것이 아스가르드의……."

"알았으니 어서 먹어."

"으, 으음."

그의 말에 따라 하이엘바인은 신나게 고기를 섭취했다. 그 속도가 키르히의 입을 절로 벌어지게 만들었다.

접시 하나를 단숨에 비우고 식탁까지 비운 후 옆에 쌓인 고기 더미 중 하나까지 딱 거머쥔 하이엘바인은 지치지도 않고 먹어댔다.

'어이, 미친 거 아냐?'

키르히는 입가에 양념이 잔뜩 묻은 그녀의 모습과 그녀의 복부를 번갈아서 자세히 살펴봤다.

그 엄청난 양이 들어갔음에도 불구하고 그녀의 가느다란 배는 그 예쁜 선을 유지했다.

'뱃속에 뭐가 들은 거야, 대체?'

그는 '먹어도 배가 안 부르는 고기'일지도 모른다고 생각하여 자기 몫으로 배당된 고기를 먹어봤다.

한 조각만 먹었는데도 배가 확 불렀다. 원시동물의 초 고단백질 고기였기에 가능한 일이었다.

'말도 안 돼!'

키르히는 그녀가 먹는 능력을 인정받아 여기까지 올 수 있었던 게 아닌가 하는 착각에 빠졌다.

결국 고기 더미 하나를 비워낸 하이엘바인은 나머지 고기 더미를 또 들어 식탁 위에 얹었다.

그녀가 그렇게 먹어대는 와중에도 피엘은 고기 한 점 입에 대지 않았다.

아직 회복되지 않은 몸을 도울 정도만 먹고 식사를 끝낸 리오는 두 손을 무릎 위에 둔 채 가만히 있는 비서관의 그 모습에 신경이 쓰였다.

"비서관. 채식주의자였나?"

"아니요."

그녀가 눈을 두 번 껌벅였다.

"조금 힘이 들어서……."

"별난 일이군."

리오는 그녀 앞에 놓인 접시를 들어 자신의 자리에 놓았다.

피엘은 자기 몫의 요리를 대신 썰어주는 리오의 모습을 가만히 지켜봤다.

그렇게 저주스럽던 그의 붉은색의 장발이 근육으로 조각난 목덜미 사이에서 흐르는 모습에서 그녀는 이상한 느낌을 받았다.

"비서관이 힘들다고 말하는 건 이번이 두 번째인 것 같군."

"예…… 예?"

처음에 정신없이 대답했던 그녀가 깜짝 놀라 다시 반응했다.

"두 번째라니요?"

"그때 희미하게나마 들렸거든. 아마… 나처럼 자유로워지고 싶다고 했었지?"

피엘의 안색이 납빛으로 변했다.

"그런 표정 하지 말라고, 비서관."

그는 고기를 전부 잘라 가지런히 정리한 접시를 그녀의 앞에 놓아주었다.

"왠지 마음에 들어버릴 것 같으니까."

"이상한 말씀을 하시는군요."

딱 잘라 말한 피엘은 포크로 고기들을 한 점씩 입에 넣었다.

사실 힘들다는 말은 거짓이었다.

증오와 광기로 점철되었던 그의 모습과 방금 하이엘바인에게 친절을 베풀 때 보여주었던 모습의 엄청난 차이가 그녀로 하여금 그런 행동을 하게 만들었다.

'여자의 계산'은 그렇게 맞아떨어졌다.

"이제부터 제대로 이름을 불러주지."

리오의 말에 피엘이 움찔하여 그를 봤다.

하지만 그는 하이엘바인을 바라보고 있었다.

신나게 고기를 먹고 있던 하이엘바인이 그를 멍한 눈으로 봤다.

"원래 뭐라고 불렀었나?"

이건 민폐를 넘어선 바보다.

리오는 그녀에게 진지함을 보인 자신이 애처로웠다.

"계집… 이라고 했었지."

"음, 난 계집이 맞네. 좀 불쾌하긴 하지만 남자는 아니지 않는가?"

그녀가 하도 당당하게 대답하는 바람에 리오는 신음에 가까운 실소를 터뜨렸다.

"복잡하게 얘기하지 않는 게 낫겠군."

"음, 나도 좋다네."

어디서 힘이 났는지 하이엘바인은 어제와 달리 목소리에

힘을 실어 말했다.

"오늘은 네가 경기에 나갈지도 몰라."

"오, 그런가?"

"음. 그리고 확실하게 질 가능성이 높지."

모든 사람들의 식사가 멈췄다.

하이엘바인이 힘없이 웃었다.

"그럼 난 죽게 되겠군."

"그건 걱정 마. 내가 무슨 짓을 해서라도 살려서 오딘님의 곁으로 보내줄 테니까."

"자네가?"

"난 한다면 하는 사람이야."

하이엘바인의 어깨가 다시 축 처졌다.

"자네는… 나에게 그럴 만한 가치가 있을 거라고 생각하나?"

"거기까진 모르지. 하지만 가치가 없다고 생각할 이유도 없잖아?"

그가 입술 한쪽을 올리며 웃었다.

"네가 질 거라고 얘기한 이유는 바로 네 몸 상태 때문이야. 능력의 대부분이 봉쇄됐으니 등급이 높은 신을 상대하게 되면 깨질 수밖에 없겠지. 이건 객관적인 사실이야."

"으음."

하이엘바인은 고개를 끄덕여 그의 말을 인정했다.

"능력은 봉쇄되고, 궁니르는 빼앗기고. 전설의 하이엘바인에게 있어선 최악의 상황이지. 그런 상황에서 진다면 기분이 어떨 것 같아?"

"나쁠 것이네. 사실 지금도 억울하다네."

그녀가 살짝 인상을 썼다.

"그럼 된 거야."

리오가 팔짱을 꼈다.

"분노하지 않는 자는 죽은 것이고, 행동하지 않는 자는 죽은 자보다 못하지."

"……."

"비록 신이 나를 선택했지만 여기까지 나를 끌고 온 것은 신이 아니야. 멋진 기적도 아니지. 바로 나 자신이야."

경험에서 우러나온 그의 말에 피엘과 하이엘바인의 표정이 일순간 교차했다.

한쪽은 죄책감에, 다른 한쪽은 경외감에 그를 바라봤다.

"그건 나만이 아니라 하이엘바인, 너에게도 적용되는 이야기라고 봐."

그가 팔짱을 풀고 웃었다.

"그러니 값진 패배를 경험해 봐. 그리고 다시 일어나게 된다면 좀 더 좋은 기분을 맛보게 될 거야."

"좋은 기분?"

"맛보면 알아."

"으음."

가만히 그의 말을 되새겨 본 하이엘바인은 다시 식사에 몰두했다.

"음, 이보게."

하이엘바인이 리오를 불렀다.

물을 마시던 그가 그녀를 응시했다.

"왜?"

"이제부터 나를 바나라고 불러도 좋네. 내가 허락하지."

"아, 그래. 영광이군. 기뻐 죽을 것 같아."

리오는 평소대로 대강 받아 넘겼다.

하지만 하이엘바인은 아직 그에 대해 잘 모르고 있었다.

"죽지 말게."

"뭐?"

"모두가 슬퍼할 걸세."

그녀가 울컥하여 말했다.

적당히 대응할 말을 찾지 못한 리오는 그냥 웃고는 고개를 끄덕끄덕했다.

'정말 슬퍼할까?'

그가 생각했다.

'제대로 죽어본 적이 없어서 모르겠군.'

죽음에 대해 한 번 생각해 본 그는 남은 물을 모두 비웠다.

*　　　*　　　*

일행은 다음 경기장까지 아무 탈 없이 이동했다.

오늘 사용될 경기장은 크기가 더 크고 구조도 어제 부서진 것에 비해 더 단단해 보였다.

대신 깃발 등의 화려한 장식은 전혀 보이지 않았다.

어제의 패배가 올림포스 측에 있어서 그만큼 굴욕적이었다는 증명이었다.

"새로 만들어졌군."

제타가 경기장의 외벽을 만지며 말했다.

"원래 있었던 경기장과 모습부터가 달라."

"새집중후군을 걱정해야 하나?"

리오가 특유의 냉소를 띤 채 경기장 안으로 들어갔다.

관중석은 존재했으나 텅 비어 있었다. 올림포스의 원령들은 그 그림자조차 보이지 않았다.

대기석의 위치는 어제 썼던 경기장과 동일했고 경기장 내부와 외부를 차단하는 결계의 수준은 어제보다 훨씬 높았다.

하지만 그런 분위기를 즐기는 자는 일행 중에 아무도 없었다.

경기장 한가운데에 서 있는 존재 때문이었다.

"비서관."

리오가 그녀를 불렀다.

"예?"

"당신 친구가 우리를 잡아먹을 듯이 노려보는데, 가서 말려보시지?"

리오의 말대로 아테나는 그야말로 압도적인 기세를 뿌리고 있었다.

그냥 창과 방패를 들고 서 있을 뿐인데도 어제 상대한 헬리오스나 헤파이스토스와는 신격이 달랐다.

'아폴론 이상의 전투 능력을 가졌을지도 모르겠군.'

아테나가 창끝으로 리오 일행을 가리켰다.

"나의 이름은 아테나. 찬란한 신계, 올림포스와 장엄한 도시, 아테네의 수호신이다."

"흠, 둘 다 안 보이는데? 안내 좀 해주겠나?"

리오는 올림포스와 아테네가 어디 있냐는 듯 주변을 둘러보며 그녀를 도발했다.

하지만 아테나의 올리브색 눈동자는 흔들리지 않았다.

"나를 상대할 자는 누구인가?"

그 질문에 응하기 위해 리오는 고민에 빠졌다.

'나와 떼쟁이는 아직 숨겨야 할 카드가 더 있으니 안 되고… 비서관이라면 충분할까?'

그가 피엘을 내세우려 할 때, 수은을 녹여 바른 듯한 은발의 여성이 그의 옆을 스치고 지나갔다.

"나, 아스가르드의 하이엘바인이 상대하겠소."

그녀가 스스로 나서는 모습에 가장 놀란 사람은 지크였다.

'아침에 그 말을 들었다고 분위기가 달라진 거야?'

단순하다고 해야 할까, 아니면 잘 받아들인다고 해야 할까. 지크는 약간 혼란에 빠졌다.

아테나는 하이엘바인을 살펴봤다.

'능력의 대부분이 봉쇄되었지 않나?'

그녀는 실망스런 얼굴로 고개를 흔들었다.

"아스가르드의 신족이여. 나는 결과가 뻔한 승부를 하기 위해 이 자리에 서 있는 것은 아니라오."

"나 역시 그러하오."

하이엘바인의 눈동자가 파란색에서 황금색으로 바뀌었다.

아주 잠깐이었지만 행성 전체가 찌릿 울렸다.

그 힘은 여전히 부족했으나 아테나의 생각을 바꾸기에는
충분했다.

"무례를 용서하시오, 아스가르드의 신족이여."

"훌륭한 승부를 기대하겠소."

하이엘바인의 온몸에서 황금색의 빛이 일어났다.

그녀가 입고 있던 가죽갑옷이 오딘과 토르가 합작하여
만든 판금철갑, 보르케다인 발키르로 바뀌었다.

맹금류의 부리를 본떠 만든 듯한 그녀의 투구 밑에서 상
당한 양의 기운이 흘러나왔다.

'우와, 멋지다.'

키르히가 마음속으로 감탄했다.

어젯밤에 맞닥뜨린 리오의 모습이 전설의 일부처럼 보였
다면 지금 하이엘바인의 모습은 신화의 일부로 보였다.

"건투를 빌지."

리오가 그녀의 어깨갑옷을 툭 쳐 준 뒤 대기석으로 가는
계단 쪽으로 방향을 돌렸다.

"아, 잠깐."

하이엘바인이 그의 손목을 잡았다.

"왜, 또?"

"나 말일세, 맨손으로 싸워야 하나?"

일행 전체의 표정이 뒤통수를 맞은 사람처럼 굳어졌다.

'저건 아스가르드 방식의 농락인가?'

창을 거머쥔 아테나의 손이 부르르 떨렸다.

"궁니르를 돌려 드리는 게 낫지 않을까요?"

피엘의 말에 리오는 대답조차 하지 않았다.

'그걸 들려줘서 이길 상대였다면 진작 넘겨줬다고.'

이상한 상황에 처한 리오는 아테나의 무장 상태를 살펴 봤다.

'전부 신계에서 공을 들여 만들어진 것들이야. 창은 태양 속에서 담금질됐고 갑옷은 압괴 직전의 죽은 별 속에서 제 련됐군.'

그가 피엘 쪽을 봤다.

"비서관. 지노그를 빌려줄 수 있겠나?"

"예?"

피엘은 눈치가 빨랐다.

'확실히, 존재 자체가 무기인 궁니르보다는 지노그 쪽이 지금의 하이엘바인님께는 안전할 거야.'

적대세력의 격퇴만을 상정하여 만들어진 까닭에 사용자 에게도 큰 부담을 주는 궁니르와 달리 올림포스의 보물이 자 제우스의 무기인 지노그는 꽤 안정적인 무기였다.

그 안정성은 보통 상태의 인간이 들어도 신체에 무리가 없는 수준이었다.

"빌려 드리지요."

피엘이 손을 내밀어 지노그를 소환했다.

천둥번개를 일으키며 세상에 나타난 지노그는 아테나와 제타, 두 명의 표정을 미묘하게 만들었다.

'아버님의 무기, 지노그……!'

아테나는 지노그를 대단히 혐오했다.

제우스와 아테나의 사이는 그 시작부터가 좋지 않았다.

아테나의 어머니, 메티스가 자신의 뒤를 이을 사내를 낳을 것이라는 조언을 들은 제우스는 출산을 위해 누워 있던 메티스를 지노그로 찔러 살해했다.

그 사건은 제우스가 저지른 실수 중에 가장 큰 것으로 손꼽히는데, 이유는 그가 가이아의 말에 현혹된 나머지 메티스가 가진 아이가 아들인지, 딸인지도 구분하지 못했기 때문이다.

가슴을 찔린 메티스는 죽어가는 와중에도 아이를 낳았고, 그 갓 낳은 여자아이는 모친의 사망에 분노하여 제우스의 지노그를 빼앗아 그의 머리를 쪼개었다.

비록 지노그에 당했다고는 하지만 올림포스의 창조주이자 불멸의 존재인 제우스가 소멸당할 일은 없었다.

그 갓난아이의 공격에 제정신을 차릴 수 있었던 제우스는 메티스의 죽음을 진심으로 애도했고 그녀가 낳은 딸인 아테나를 소중하게 길렀다.

올림포스의 하늘과 땅, 그리고 바다가 그녀를 항상 축복해 주었고 아테네의 시민들은 새로운 수호신의 탄생에 기뻐하며 찬양했다.

하지만 메티스에 대한 일 때문에 제우스와 아테나의 사이에는 항상 보이지 않는 벽이 존재했다.

'그 창이 이제 나를 노리는구나.'

분노를 가슴에 담았던 아테나가 급히 머리를 흔들었다. 비단 같은 그녀의 검은 머리가 햇볕을 받아 반짝거렸다.

'분노에 휩싸이지 마라, 아테나. 냉정을 유지해라.'

그녀가 자기 자신을 타일렀다.

'나는 결코 패하지 않는다!'

지노그를 빌려 손에 쥔 하이엘바인은 지노그 내부에 흐르는 그 이질적인 신의 힘에 놀랐다.

"듣던 대로 정말 위대한 무기구려."

그녀는 지노그를 세심하게 살폈다.

"하지만 나는 이 창이 가진 본래의 능력을 끌어낼 수 없을 것 같소."

피엘은 처음부터 지노그의 사용을 상정한 상태에서 몸이 개조되었기에 그 창을 자신의 육체만큼 자유롭게 사용할 수 있었다.

하지만 아스가르드의 신족인 하이엘바인에게는 불가능한 일이었다. 올림포스와 아스가르드, 두 신계가 가진 힘의 성분 차이 때문이었다.

"건투를 빌겠습니다, 하이엘바인님."

피엘은 그 말밖에 할 수가 없었다. 그것은 다른 이들도 마찬가지였다.

금색의 하이엘바인이 은색의 아테나에게 다가갔다.

신화와 신화가 충돌하려는 순간이었다.

'아스가르드의 하이엘바인.'

아테나는 자신에게 다가오는 상대를 보며 생각했다.

'단독으로 수억의 반란군들을 물리치고 현 세계에서 영웅이자 왕으로 칭송을 받는 자들까지 모조리 쓰러뜨린 공포의 전설.'

그녀는 창과 방패를 고쳐 쥐었다.

'지금은 그 힘의 대부분을 봉쇄당한 신족이지만 나를 적으로 삼은 저 모습만큼은 위압감이 넘치는군.'

하이엘바인의 황금색 눈동자는 아테나를 똑바로 주시하고 있었다.

힘의 차이는 극명했다. 하이엘바인이 아테나를 이기는 것은 불가능에 가까웠다.

그러나 아테나는 그녀를 아주 손쉽게 이길 거라고 자신

하지 않았다.

'어제 대기석에 앉은 모습은 그렇게 나약했는데, 지금은 어찌 저리도 당당하단 말인가?'

상대가 자신의 창이 닿을 간격에 들어왔는데도 아테나는 공격하지 않았다.

먼저 반응한 것은 그녀의 방패였다.

대기석에 앉아 그 방패의 움직임을 본 지크는 입을 다물지 못했다.

"왜 저러는 거야, 도대체? 그냥 한 대만 쳐도 이길 텐데?"

"하이엘바인에 대한 전설은 들었겠지?"

리오의 질문에 지크가 가장 먼저 떠올린 자는 제천대성이었다.

"물론이지. 그 제천대성도 입에 담기조차 싫어하더라고."

"그럼 그것만으로 충분하잖아?"

리오가 어깨를 으쓱했다.

"민폐 덩어리에, 먹보에, 농담과 진담을 가리지 못하는 바보라고 해도 전투에 대해서만큼은 신화 그 자체야. 하이엘바인이라는 이름만 들어도 똥오줌을 싼다는 자들이 불과 수천 년 전까지만 해도 우리가 넘볼 수 없는 초강자의 위치에 있었지."

"……."

"처음부터 신족을 우리의 기준에서 평가하려고 한 것 자체가 무리수였어. 그리고 보통 신족도 아니잖아?"

지크는 씁쓸한 표정으로 팔짱을 꼈다.

'처음부터 쉬프터 녀석들과 싸우기 위해 만들어진 신족이라 이거지. 그건 나도 알아.'

그의 두 팔에 힘이 들어갔다.

'그것뿐이라서 마음에 안 든다는 거야.'

하이엘바인의 오른손 안에서 지노그가 풍차처럼 회전했다. 그것으로 그녀는 무기의 간격과 무게를 완벽하게 측정했다.

'성능을 제대로 활용할 수는 없지만 창으로서의 날카로움과 무게중심은 완벽해. 과연 올림포스의 보물이로군.'

황금색 눈동자 속에 존재하는 그녀의 동공이 확장과 축소를 반복했다.

'내 감히 그대를 시험하겠소. 올림포스의 군신이여.'

하이엘바인이 먼저 공격을 위해 움직였다.

그녀의 모습이 하얗게 퍼져 경기장을 가로지르는 것이 마치 구름처럼 보였다.

하지만 키르히의 눈에도 보일 만큼 그 속도는 느렸다.

"굼뜨잖아!"

어제와 마찬가지로 대기석 난간에 손을 댄 키르히가 흥분하여 외쳤다.

"정말 그럴까?"

리오가 그를 비웃었다.

막상 하이엘바인을 상대하는 아테나의 눈에는 그녀의 움직임이 괴이했다.

그냥 창을 한 자루 쥐고 달려오는 것뿐인데도 그 작은 몸집과 지노그의 끝자락이 날카롭게 솟아오른 거산(巨山)의 봉우리처럼 보였다.

이윽고, 지노그의 끝이 아테나의 방패를 찔렀다.

강력한 전류와 화염이 융합하여 그 충돌 지점에서 폭발했다.

힘에서는 분명 아테나가 위였다.

그녀는 강철로 만든 성처럼 두 발을 땅에 붙인 채 버틸 수 있었다.

어제 지크가 히드라들을 제거한 마지막 공격도 몇 번 정도는 완벽히 막아낼 수 있는 수준이었다.

그런데 그녀가 방패를 잡은 채 허우적거렸다.

아테나도, 그녀를 바라보는 올림포스의 신들도, 그리고 키르히도 그 모습을 믿을 수가 없었다.

"뭐야, 저거?"

키르히의 목에서 맥이 풀린 소리가 나왔다.

"단순히 땅 위에서 버티는 개념으로 보자면 말이야."

리오가 말했다.

"두 발 달린 짐승보다 네 발 달린 짐승이 더 유리하지. 네 발 달린 짐승보다 지네처럼 다리가 많은 것들이 훨씬 더 유리하고, 지네보다는 아예 몸을 붙이고 있는 달팽이가 더 나아."

키르히가 뒤를 돌아봤다.

"엉?"

"땅에 '찰싹' 달라붙는다는 건 그런 거야. 중심을 잡는다는 말로 바꾸면 쉽겠군."

리오는 뭔가를 흘려 쓰듯 손가락을 위에서 아래로 내렸다.

"우리는 중심을 유지하기 위해 수많은 방법을 쓸 수 있어. 그중에 하나가 자신의 힘을 나무뿌리처럼 분배해서 땅에 흘려 넣는 거지. 그렇게 하면 눈사태가 닥쳐와도 버텨낼 수 있어."

키르히는 눈을 멀뚱거렸다. 전혀 모르는 개념이기 때문이었다.

"하지만 그 버팀목들은 실체가 아니라 실체에 가까운 힘의 흐름이기 때문에 약점은 반드시 존재하게 되어 있지. 강자일수록 그 약점의 크기가 아주 작아."

"그걸 찔렀다고?"

"맞아. 머리가 좀 돌아가는군."

리오는 턱으로 하이엘바인을 가리켰다.

"아마 저 애가 온전한 힘을 가지고 있었다면 좋은 무기도 필요 없었을 거야. 나뭇가지로도 제압할 수 있지 않았을까?"

아테나를 한 번 찌른 것으로 시험을 끝낸 하이엘바인은 지노그를 한 바퀴 돌리면서 자세를 바꿨다.

몇 발을 물러나 가까스로 중심을 회복한 아테나는 잔뜩 긴장한 채 자신의 방패를 봤다.

방패는 멀쩡했다. 살짝 그을린 흔적만이 존재할 뿐이었다.

"……!"

기술에서의 완패.

상상조차 해본 적이 없는 전율이 아테나의 몸을 타고 흘렀다.

'이것이 하이엘바인이란 말인가!'

만약 그녀가 온전한 몸 상태였다면, 손에 든 것이 지노그가 아니라 궁니르였다면 방금 받아낸 그 일격에 방패가 뚫리고 몸이 박살 났을 것이다.

아테나는 참을 수가 없었다. 하지만 자제하려 애를 썼다.
그녀가 짊어지고 있는 짐들은 그만큼 무거웠다.

"정말 대단하시오, 올림포스의 군신이여."

하이엘바인이 말했다.

'대단하다고?'

아테나의 올리브색 눈동자가 꿈틀했다.

"아실지 모르겠소만 제천대성이라는 재미있는 자가 있소. 그는 나와 겨루어 무기를 잃었고 나는 내 갑옷을 잃을 뻔했다오. 잊지 않으려 했던 그 성대한 싸움이 아테나님을 만나면서 비로소 떠오르는구려."

상쾌한 얼굴로 추억을 하는 하이엘바인의 모습이 아테나의 이성을 건드렸다.

"하이볼크의 개가 된 주제에……!"

아테나의 입에서 거친 소리가 나오자 하이엘바인이 깜짝 놀랐다.

"아테나님?"

"감히 나를 농락하겠다는 건가!"

아테나가 전력을 다해 창을 휘둘렀다.

기술이 완전히 사라진, 오로지 힘만 실린 무식한 공격이었다.

그 압도적인 힘의 폭풍이 하이엘바인을 낙엽처럼 날려

버렸다.

멀찌감치 날아가 결계에 충돌한 그녀는 경기장 바닥에 떨어졌다.

지노그를 지팡이 삼아 일어나려는 하이엘바인을 향해 아테나가 신속으로 다가왔다.

방패의 끝자락이 그녀의 투구를 때렸다.

이성의 끈을 놓아버린 아테나의 공격은 원시적이었다.

그녀는 잔악하게 하이엘바인을 공격했고 하이엘바인은 가진 기술을 총동원하여 그녀의 공격을 받아 흘렸다.

지노그가 버텨주었기에 망정이지, 그렇지 않았다면 핏덩어리가 됐을 상황이었다.

기술로 버티는 것에는 한계가 있었다.

지노그가 튕겨 날아가자마자 창과 방패의 공격이 하이엘바인의 갑옷으로 쏟아졌다.

황금색의 갑옷이 비명을 질렀다.

갑옷의 파편들과 함께 하이엘바인이 공중에 떴다.

사람의 머리 높이까지 떠오른 그녀는 한 번 더 가해진 방패의 일격에 맞아 땅에 내리꽂혔다.

군신에서 분노의 화신으로 변해 버린 아테나는 연거푸 방패로 하이엘바인을 내리쳤다.

"목숨을 건 싸움 속에 추억을 했단 말인가? 그럴 여유가,

그럴 자격이 너에게 있다고 생각하나? 자존심을 버린 쓰레기 신족 같으니!"

큰 쇳소리가 다시 터졌다.

아테나에게 걷어 차여 날아간 하이엘바인은 반파된 갑옷의 파편을 뿌리며 경기장 바닥을 굴렀다.

두 손을 땅에 짚고 일어난 그녀는 구토나 다름없는 기침을 했다.

아테나가 가한 충격은 오딘과 토르가 그녀에게 선사한 선물을 간단히 부술 만큼 강력했다.

'값진 패배……'

하이엘바인은 아침에 들은 리오의 이야기와 자신이 어제 읽어낸 그의 생애를 떠올렸다.

'나는 자신이 죽인 자의 생애를 생각해 본 일이 있던가?'

그녀가 읽은 리오의 싸움은 의외로 단순했다.

그는 자신이 죽인 자들의 생애를 마음에 담았다.

결혼하지 않은 자를 죽였을 때는 그가 장차 맺어져 이룰 가족을 떠올렸고, 아이를 죽였을 때는 어른이 되어 꿈을 이루고 기뻐하는 모습을 상상했다.

그렇게 유지해 온 삶이, 세상이 누군가의 결정 한 번에 하얗게 탈색되어 사라졌다.

'나는 뭔가를 잃어버리고 분노한 적이 있었던가?'

아테나가 무서운 기세로 닥쳐왔다.

하이엘바인은 맨손으로 싸울 준비를 하며 일어났다.

'나에게 한 번 더 삶이 주어진다면, 그때는……!'

아테나와 하이엘바인.

판결 직전에 놓인 둘 사이를 커다란 화염이 가로질렀다.

"무슨 짓이냐!"

아테나가 분노하여 고함을 질렀다.

"이미 끝난 싸움이잖아!"

하이엘바인을 막아선 자가 더 큰 분노를 드러냈다.

"키르히… 펙터?"

하이엘바인이 당혹감에 사로잡힌 눈으로 그를 봤다.

"뜬금없이 무슨 짓인가? 내 싸움은… 아직 끝나지 않았다네! 신성한 싸움의 장을 욕되게 하지 말게!"

"이딴 게 무슨 싸움이야! 일방적으로 얻어터진 주제에!"

넝마가 된 그녀를 보고 외친 키르히가 다시 앞을 봤다.

창을 번쩍 치켜든 아테나의 모습이 거인의 모습처럼 키르히를 압도했다.

"너라고 다를 것 같나?"

창의 일격에 키르히와 하이엘바인이 뒤섞여 날아갔다.

경기장 바닥에 누워 버린 키르히는 피를 쿨럭 토했다.

'이럴 수가……!'

그의 몸과 팔다리는 완전히 으스러져 있었다.

그 치명상에 가까운 부상은 금방 재생되었으나 아테나에게 느낀 공포감은 쉽게 가시지 않았다.

"어서 들어가게, 키르히 펙터. 이곳은 자네가 죽을 자리가 아닐세."

하이엘바인이 재차 그를 말렸다.

"어제 봤잖아? 난 안 죽어!"

키르히가 이를 악물었다.

"그런데 넌 죽는다며!"

"그건……."

"누군가를 잃어버리는 건 이제 질렸단 말이야!"

키르히가 화염을 흩뿌리며 아테나에게 달려들었다.

기세는 좋았으나 힘의 차이는 역시나 압도적이었다. 아테나의 방패에 머리를 맞은 키르히는 상반신이 박살 나며 경기장을 뒹굴었다.

그러나 불꽃과 함께 되살아나 다시 검을 잡았다.

"싸움의 예절을 모르는 미친개로군."

아테나가 가볍게 창끝을 움직였다.

세 번의 공격에 키르히의 왼팔과 옆구리, 오른쪽 다리가 툭툭 터져 나갔다.

"미친개? 하, 내 이름보다 자주 들었지!"

없어진 부위가 순식간에 재생됐다.

"한번 물려보라고!"

키르히는 정신을 집중했다.

갈색머리 사이로 보이는 벽안이 아테나의 움직임을 읽기 위해 바삐 움직였다.

이윽고 그의 안면에 주름이 잡혔다.

'말은 거창하게 했지만…….'

아테나가 창을 한 번 더 찔렀다. 이번에는 그의 머리통이 터져 날아갔다.

그는 머리가 사라진 채 검을 들고 싸울 준비를 했다. 재생은 그 다음이었다.

그 무시무시한 재생 능력에 아테나도 짜증을 냈다.

'귀찮은 쓰레기가 달라붙었군.'

그녀가 선사하는 죽음이 계속해서 키르히에게 내리꽂혔다.

대기석에서 그 꼴을 보던 리오가 한숨을 푹 내쉬며 일어났다.

"쉴 틈을 안 주는군."

"좀 더 두고 보면 어때?"

지크가 그를 제지했다.

"두고 보자니?"

"아니, 이해가 안 가거든."

그가 고글을 이마 위로 올리며 인상을 썼다.

"우리가 저 정도 부상을 입고도 저만한 속도로 재생된 적이 있었나?"

"지금도 무리지."

리오가 확인시켜 주었다.

"저 '능력'에 대해 뭔가 알고 있나, 비서관?"

"아니요. 저도 잘……."

대기석에서 가장 당황하고 있는 사람은 다름 아닌 피엘이었다.

"저런 건 저도 처음 봐요. 어떻게 된 거죠?"

당황하고 있는 그녀에게서 눈을 떼어버린 리오는 열심히 죽었다 되살아나는 키르히를 다시 봤다.

'저건 소질의 영역을 벗어난 괴현상이야. 대체 뭐지?'

그는 큰 술잔을 쥐듯 오른손으로 자신의 턱을 감쌌다. 그리고 자신이 여태까지 보고 기억한 키르히의 모습들을 모두 되짚어봤다.

'혹시 그때……?'

그는 키르히가 오딘을 처음 만났을 때 둘 사이에 직접적인 '접촉'이 있었음을 떠올렸다.

'그렇군. 그냥 넘어가실 분이 아니지.'

그가 미소 짓자 지크와 피엘의 표정이 조금 안정되었다.

그들은 그만큼 그에게 의지하고 있었다.

'이제 남은 건 어제 그 '교육'이 먹히느냐 하는 것이군.'

그는 자신의 몸 상태를 점검해 보며 키르히를 지켜봤다.

몇 번째 죽었는지 기억도 못할 만큼 제압당한 키르히는 갈색의 머리를 흔들며 정신을 집중했다.

그의 눈이 석상처럼 고요하게 서 있는 아테나에 꽉 박힌 채 정밀하게 움직였다.

'뭐가 어떻게 움직이는지 전혀 안 보여.'

그의 목을 따라 땀이 흘렀다. 방금 재생된 육체에서 흘러나온 신선한 땀이라 맑고 투명했다.

그 시점에서 그는 자신의 뒤편에 주저앉아 있는 하이엘바인이 얼마나 대단한 존재인지 새삼 깨달았다.

'나보다 못한 몸 상태인데도 치명타는 전부 피했어.'

보기만 했을 때는 하이엘바인이 일방적으로 얻어맞는 상황이었으나 막상 아테나라는 존재와 마주치면서 키르히의 생각은 180도 바뀌었다.

그녀는 단지 힘에서 밀렸을 뿐, 상상조차 안 가는 기술의 극치를 발휘하고 있었던 것이다.

봐서 피할 수 있는 게 아니다. 읽지 않으면 막는 것도 힘들다.

어제 들었던 지크의 조언이 그의 귀에 다시 들려오는 듯
했다.

'어제 선생에게 맞을 때도 그랬지.'

공격이 온다는 사실 자체를 느낄 수가 없었다. 막거나 피
하는 것은 당연히 불가능했다.

뭔가 오긴 오는 것 같아서 무의식적으로 칼을 휘두르긴
했지만 그게 리오에게 먹혔는지는 기억나지 않았다.

키르히는 어제 피엘이 촬영해 준 영상을 기억해 봤다.

'막을 테면 막아보라는 식으로 휘두른 것 같지만 아니야.
칼날은 내 팔목을 먼저 자른 뒤에 심장 부위를 때렸고 내
몸이 터졌지.'

과정만 보자면 힘으로 윽박지른 게 아니라 상대의 반격
조차 허용하지 않는 고도의 실전검술이었다.

'그때 난 공격할 자세만 잡고 있었지, 칠 생각은 하지도
않았는데…….'

그의 눈이 다시 뜨인 것은 바로 그때였다.

'제길, 여태까지 뭘 한 거야?'

키르히가 활짝 웃었다.

그의 분위기가 바뀌었음을 느낀 아테나가 뻣뻣이 서 있
던 자세를 바꿨다.

'쓰레기가 감히!'

미친 듯이 미소 짓고 있는 키르히의 눈에 창을 들고 닥쳐오는 아테나의 모습이 보였다.

그녀의 창날에 키르히의 오른팔이 날아갔다. 하이엘바인만큼 가녀린 몸으로 만들어낼 수 있는 파괴력이 아니었다.

그러나 팔을 날린 아테나의 표정은 사색이 되어 있었다.

팔이 날아갔음에도 불구하고 키르히는 주춤거리지 않았다. 자신에게 등을 보여준 아테나의 검은 머리를 먹잇감처럼 노려보고 있었다.

경기장 한가운데에서 화염이 치솟았다.

다급히 몸을 돌려 방패로 키르히의 공격을 막아낸 아테나는 공처럼 땅에 한 번 튕겨 오른 뒤 중심을 다시 잡았다.

두 발을 땅에 딛는 그녀의 안면을 향해 키르히의 칼날이 들이닥쳤다. 방금 박살 나 사라졌던 키르히의 오른팔이 어느새 재생되어 검을 쥐고 있었다.

어차피 재생이 될 팔을 아예 버리고 그녀의 목을 치기로 한 그의 작전이었다.

"꺼져라!"

아테나는 방어 대신 자신의 코앞까지 온 칼날을 보며 호령했다.

하얀 색의 기운이 아테나를 중심으로 터졌다.

그 힘의 폭풍에 밀리고 만 키르히는 어떻게든 버티고 공격하려 했으나 아테나의 권능은 압도적이었다.

"제길!"

경기장 끝자락까지 밀려 나가고 만 그는 다시 공격하기 위해 힘을 짜내었다.

붉은색의 코트에서 화염 그 자체로 변한 그의 옷이 아테나의 힘에 맞서 불타올랐다.

'이제 좀 알았단 말이야!'

그러나 아테나가 걷는 속도에 맞춰 키르히가 밀려 나갔다.

하이엘바인이 기술로 극복하지 못한 힘의 차이가 키르히에게도 적용되고 있었다.

"그 불꽃으로 무엇을 어쩔 생각인가!"

아테나의 힘에 냉기가 섞여 키르히를 압박했다.

압박이라기보다는 압사시킬 기세였다.

코트의 불꽃은 그녀가 발휘하는 수호신으로서의 권능에 압도되어 순식간에 꺼졌다.

"주제를 알아라, 하이볼크의 쓰레기여!"

"크으……!"

그가 격분했다.

무기로 어떻게 대응할 수 없는 전투 방식에 전혀 익숙하지 않은 키르히에게는 정말 억울한 상황이었다.

'반칙이라고, 이건!'

결국 키르히의 등이 결계에 부딪쳤다.

압력이 한층 더 강해지면서 키르히의 몸 전체가 경련을 일으켰다.

호흡조차 불가능해지면서 그의 의식이 가물가물해졌다.

이성을 완전히 잃어버린 아테나의 분노는 잔혹했다.

지금 그녀가 뿜어내는 분노는 하이엘바인 때와는 또 다른 경우였다.

가볍게 죽일 수 있다고 생각한 상대가 자신을 깔보더니 어느 틈에 농락하여 안면을 향해 칼부림까지 했다.

힘에 압도당하고 있는 지금도 상대는 억울해할 뿐, 자신을 전혀 두려워하지 않았다.

짊어진 짐의 무게만큼, 그녀는 그 모든 상황을 용서할 수가 없었다.

'되살아날 의지까지 죽여주마!'

격노에 휩싸인 그녀의 눈앞에 뭔가가 나풀거렸다.

식사를 돕기 위해 대기석에 놓여 있던 흰 색의 식탁보였다.

그저 식탁보일 뿐이었지만 그녀는 섬뜩함을 느꼈다.

키르히를 죽일 기세로 퍼져 나가는 자신의 힘을 완전히 무시하고 날아들어 왔기 때문이다.

그녀는 식탁보가 날아온 방향을 봤다.

검은 옷을 입은 붉은 장발의 남자가 설렁설렁 계단을 걸어 내려오고 있었다.

"무슨 짓인가?"

"뭐긴, 항복이지."

리오는 눈짓으로 하이엘바인과 키르히를 번갈아 가리켰다.

"둘 다 당신에게 졌잖아?"

"큭……!"

분노가 더 커지려는 찰나, 아테나의 생각이 바뀌었다.

'저 남자만 제압하면 되겠지.'

가장 강할 것이라고 예상되는 자를 꺾는다면 자신들은 승리하고, 자신들의 그림자 속에서 도사리는 쉬프터들의 공포도 약해질 것이다.

그렇게 판단한 아테나는 키르히를 압박하던 힘을 거두었다.

"그 항복, 받아들이지."

"아주 고맙군."

리오가 하이엘바인에게 손짓을 보냈다. 키르히를 부축해서 돌아가라는 신호였다.

그에 따라 하이엘바인이 비틀거리며 키르히에게 다가

갔다.

재생할 기운조차 빠진 키르히였지만 그는 아테나를 놓쳐 버린 먹잇감처럼 노려봤다.

"괜찮은가, 자네?"

하이엘바인이 그를 부축했다.

붙잡아 올린 그의 팔이 무쇠처럼 경직된 채 부르르 떨렸다.

"선생 녀석……!"

그가 보내는 분노의 방향은 아테나가 아니라 리오에게 맞춰져 있었다.

"네 말대로 선생은 나쁜 녀석이야!"

"갑자기 무슨 말인가?"

"난 아직 안 졌다고! 빌어먹을!"

분노하지 않는 자는 죽은 것이다.

그 말이 키르히라는 남자를 통해 현실이 되어 하이엘바인의 가슴에 심어졌다.

따뜻함이 그녀의 몸 전체로 퍼졌다.

하이엘바인은 동생을 어루만지듯 키르히의 갈색 머리를 쓰다듬어 주었다.

"값진 패배일세."

그 말을 듣고서야 키르히의 두 무릎이 꺾여 땅에 닿았다.

하이엘바인이 키르히를 부축하여 대기석으로 가는 계단까지 걸어갔다. 둘 다 몸이 엉망이어서 거의 기어가는 것이나 다를 바 없었다.

리오는 그들의 모습을 한 번도 보지 않았다.

보다 못한 피엘이 계단 아래까지 내려와서 둘을 부축해 올라갔다.

"분노와 증오로만 점철된 자인 줄 알았더니 냉정하기까지 하군."

아테나가 말하자 리오가 웃었다.

"우리 내기 하나 할까?"

"내기?"

"당신이 나를 꺾는다면 그것으로 올림포스가 이기는 거야. 내 입으로 직접 독립만세를 외칠 거야."

아테나의 검은색 눈썹이 꿈틀했다.

"내가 진다면?"

"평생 나를 모셔야 할 거야. 검은색 생머리는 내 취향이거든."

아테나가 눈을 부릅떴다.

"감히 올림포스의 군신을 능멸하는가!"

아까 키르히를 압박했던 그 힘이 다시 터졌다.

그러나 그 힘의 폭풍은 도중에 멈추고 말았다. 리오에게

서 발동한 검붉은 폭풍과 충돌한 탓이었다.

"능멸을 당해본 적이 있나? 없으면서 잘도 떠벌리는군."

리오의 눈에서 붉은 기운이 올라왔다.

헬리오스를 부술 때 올라왔던 검은색의 안개가 다시 피어올라 그를 감쌌다.

"이 자리에서 어른으로 만들어주지."

말은 험악했으나 분위기는 치밀했다.

움직임에 빈틈이 없었다. 하이엘바인이나 키르히의 경우처럼 힘으로 어떻게 제압할 수 있을 것 같지도 않았다.

역시나 우습게 볼 상대가 아니다. 그렇게 판단한 아테나는 자신이 냉정해져야 할 필요가 있음을 깨달았다.

"어제 그대가 헬리오스에게 했던 말이 떠오르는군."

검은 갈기의 사자처럼 그녀를 향해 다가가던 리오가 꿈틀했다.

"차라리 지크라는 자가 상대였다면 긴장했을 것을."

아테나가 올리브색 눈동자를 빛내며 창을 휘둘렀다.

공격적인 성향을 전혀 띠지 않은 순백색의 바람이 리오를 향해 부드럽게 다가왔다.

리오를 휘감고 있던 증오의 기운이 그 하얀 기운에 맞아 완전히 사라졌다.

리오가 눈을 부릅뜨고 걸음을 멈췄다.

"증오심으로는 결코 나를 이길 수 없다네."

아테나의 창끝이 리오의 옆구리를 스쳤다.

몸을 뒤틀어 그녀의 기습을 피한 리오는 힘이 빠진 상태에서도 디바이너를 불러내어 반격에 나섰다.

아테나는 방패로 그 보라색 검을 걷어낸 뒤 연속으로 창을 움직였다.

리오의 검은색 옷 곳곳이 터지고 핏물이 솟구쳤다.

치명상만을 겨우 피할 뿐, 힘의 대부분을 잃어버린 리오는 제대로 된 반격을 하지 못했다.

대기석에서 경기를 지켜보던 제타가 아랫입술을 깨물었다.

"그렇군. 군중 제어!"

리오의 증오심이 갑자기 사라진 이유를 몰라 당혹해하던 피엘이 그 말을 듣고는 심리적으로 크게 흔들렸다.

"아테나님은 올림포스의 군신이자 거대 도시, 아테네의 수호신……!"

그녀는 심하게 떨리는 목소리로 다음 말을 이었다.

"시민들의 감정을 제어할 수 있는 권능의 소유자!"

만약 증오심이 리오가 가진 힘의 모든 것이라면 그가 이길 수 있는 확률은 아테나의 말대로 전혀 없었다.

피엘은 물론 하이엘바인도, 키르히도 그 생각지 못한 상황에 몸이 무거워짐을 느꼈다.

그 무게감의 이름은 절망이었다.

어느새 옷까지 너덜너덜해진 리오는 가쁜 숨을 내쉬며
검을 똑바로 들었다.

공격을 위한 것이 아니라 방어를 위한 자세였다.

아테나는 자신을 위해 아테네의 중심에 세워졌던 황금의
조각상처럼 방패를 들고 창을 내밀었다.

"그 서투른 내기에 책임을 져야 할 것이네."

"⋯⋯후."

리오의 입에서 가벼운 실소가 터졌다.

"뭐, 할 수 없지."

아테나는 그가 패배를 인정하려 한다고 생각했다.

디바이너를 내린 리오는 숨을 크게 들이마셨다.

"너에게 맡기마."

그의 뜬금없는 말에 아테나가 의아해했다.

'다른 이에게 맡기고 도망칠 셈인가?'

불쾌해하는 그녀의 눈앞에서 회색의 빛이 올라왔다.

'데이브레이크?'

깜짝 놀라 방패를 올렸던 아테나는 아무 일도 일어나지
않자 주의를 기울여 다시 내렸다.

그녀의 눈앞에서 짙은 회색의 망토가 흔들렸다.

검은색의 가죽 복장은 온데간데없었다.

턱까지 올라온 두터운 회색 망토에 그와 똑같은 브리간트의 가죽으로 된 팔 보호구, 그리고 허리에 칼집과 함께 보관한 디바이너.

그녀가 알고 있던 바로 '그' 리오의 모습이었다.

'안색까지 바뀌다니……?'

아테나는, 올림포스의 군신은 자신의 눈앞에서 대체 무슨 일이 벌어진 것인지 알고 싶었다.

『가즈 나이트 R』 14권에 계속…

THE KNIGHTS OF SQUARE

아더왕과 각탁의 기사

홍정훈 판타지 장편 소설

『비상하는 매』의 신선함, 『더 로그』의 치열함,
『월야환담』의 생동감.

그 모든 장점을 하나로 뭉쳐 만든 홍정훈식 판타지 팩션!

아더왕과 원탁의 기사.

전설의 검 엑스칼리버의 가호 아래 역사에 길이 남을 대왕국을 건설한
위대한 왕과 그의 충직한 기사들.

"…난 왜 이리 조건이 가혹해?!"

그 역사의 한복판에 나타난 이질적 존재, 요타!
수도사 킬워드의 신분을 빌려 아트릭스의 영주가 되어 천재적인 지략과 위압적인 신위를 휘두르며
아더왕이 다스리는 브리타니아에 정면으로 반기를 든다!

전설과 같이 시공을 뛰어넘어
새로운 아더왕의 이야기가 우리 앞에 나타난다!

Book Publishing CHUNGEORAM

시공을 달리는 자

R U N N E R

임영기 장편 소설 런너

내 꿈은
21세기 나의 제국에서 그녀와 함께 사는 것이다

나는 전쟁의 신이며 또한 전능자(全能者) 런너다.

이제 내 행동은 역사가 되고 내 말은 법이 될 것이다.

Book Publishing CHUNGEORAM

유행이 아닌 자유추구 -
WWW.chungeoram.com

귀환인 歸還人

김동신 퓨전 판타지 소설

모든 마수의 왕 베히모스.

그의 유일한 전인 파괴의 마공작 베르키.
마계를 피로 물들이고 공포로 군림했던 그가
드디어… 꿈에 그리던 한국으로 돌아왔다.

**"친구들아,
나 권태령이 드디어 돌아왔어!"**

피로 물들었던 마계의 나날을 잊고
가족과도 같은 친구들과 지내는 생활.
그 일상을 방해하는 자들은 결코 용서치 않는다!

살기가 휘몰아치는 황금안을 깨우지 말라!
오감을 조여오는 강렬한 퓨전 판타지의 귀환!

Book Publishing CHUNGEORAM

유행이 아닌 자유추구 -
WWW.chungeoram.com